文
景

Horizon

文
景

社科新知　文艺新潮

Horizon

念白

祝勇　洁尘 · 著　　冷冰川 · 绘

出 品 人：姚映然
责任编辑：熊霁明
营销编辑：高晓倩
装帧设计：晴　佳

出　　品：北京世纪文景文化传播责任有限公司
（北京市朝阳区东土城路 8 号林达大厦 A 座 4A　100013）
出版发行：上海人民出版社
印　　刷：北京雅昌艺术印刷有限公司

开　　本：787×1092mm　1/32
印　　张：8.25　　　　字　　数：140.000
2021 年 11 月第 1 版　　2021 年 11 月第 1 次印刷
定　　价：128.00 元
I S B N：978-7-208-16627-1/J.581

图书在版编目（CIP）数据

念白 / 祝勇，洁尘著；冷冰川绘 . -- 上海：上海人民出版社，2020
ISBN 978-7-208-16627-1

Ⅰ . ①念… Ⅱ . ①祝… ②洁… ③冷… Ⅲ . ①散文集 - 中国 - 当代 ②版画 - 作品集 - 中国 - 现代 Ⅳ . ① I267 ② J227

中国版本图书馆 CIP 数据核字 (2020) 第 139779 号

念白

遁词

洁尘 文

最后的罂粟

祝勇 文

冷冰川 绘

上海人民出版社

社 科 新 知　文 艺 新 潮

冷冰川　绘

最后的罂粟

祝勇　文

目录

序

祝　勇

1. 冷冰川说，这次合作是我们迄今最亲密的接触。

第一次接触是多年前，我出《声音的重量》，封面用了冷冰川的画，那时开始注意这个闪烁着几分寒气的名字，猜想有这名字的该是怎样一个人。后来发现《读者》杂志不止一次地用他的画作插图，又买到他的画册，江苏美术出的，叫《冷冰川的世界》，一直珍藏，再后来就认识了冷冰川。

2. 我意外于冷冰川的质朴可爱——与预先的想象不同。我们已经习惯了根据一个人的身份来定义他们的外形，在我们的想象里，干部、知识分子、商人、画家，早就戴上了各自的脸谱，像中药匣子，各归其类，绝不能混淆，如果一个画家外表与官员无异，或者一个知识分子长得像商人，肯定会引起我们的感官不适。有人说，作家绝对不能长得漂亮，长得漂亮了肯定写不出好文章，画家呢？外形不能正常，正常了就不是好画家。

很传神，但，并不可靠。

3. 与朋友相识与交往的细节，我常常忘得一干二净，剩下的只是一种感觉，仿佛一个故事没有过程，只有结局。所以，我和冷冰川的交往，过程很短，结局很长。

4. 冷冰川很安静。

他的画很细，那似乎不该是由人来完成的，如果说是上帝借用了他的手，那是对他的吹捧，至少，那些细如发丝的线条应该是由机器完成。我只愿面对他绘画的结果，而不愿面对过程——是不忍。采风时，和他“同居”，他开始画画，我就睡觉，醒来时，他已结束工作。每个夜晚，他的刀刃都要经过一次历险——他的作品都是一次性完成，不能修改，刀锋的丝毫慌乱都会使他前功尽弃。他握刀的姿势有点像外科医生，他胸前的黑纸上到处是一触即痛的敏感神经。

我喜欢冷冰川的果断。

5. 冷冰川果断地说：

我不可能很完美，你想连我犯错误的乐趣也抢走么？我的缺陷是我个性的一部分，我的缺陷你都无法学到。

6. 与名字相反，冷冰川的画让我找到了南方——感官上的南方。看不出明确的地理位置，但每一片丰腴的叶子都暗示着它们与阳光的联系。冷静的刻刀下，呈现出一个情欲旺盛的世界。每一个细胞都在膨胀。他的黑白画，不仅包含着绚丽耀眼的色彩与光芒，而且包含着喧哗的众声，像陈丹青形容的，疏阔、明朗、幽深、响亮。

7. 冷冰川的画如黑夜，为我们的梦游提供方便。每个人都有可能情不自禁，被它们裹挟而去。那诱惑来自睡梦中的少女。她们的梦境写在她们的脸上。
冷冰川的画令我感受到双重梦境。

8. 冷冰川又说：
美丽的作品（包括爱情及所有的艺术）多少都含有几分误解，或至少是幻觉。没有误解和幻觉，艺术、爱情会存在吗？

9. 很久以后，我发现冷冰川差不多每本画册的名字都相同——《冷冰川的世界》。每逢出书，他都要从上次的书中抽掉不满意的册页，更换以更好的作品。画册仿佛游动的画展，他在其中，不断地调整。他以此来保证每一本新集在品质上都超越前者，并可望在谢幕时出一本最理想的画册。

10. 汪家明先生刚到三联书店，我和冷冰川就与他巧遇。我们决定一起出一本书——不是画册——有图画，有文字。

搬起石头砸自己的脚，好的建议马上变成我自己的繁重的工作。读画是有趣的，写画就变得艰难。第一年没有动笔，第二年写了一点，被电脑病毒一网打尽，现在是第三年。三万字，写了三年。我写得最慢的一本书。

冷冰川不催，他一年只画十张画。

我们俩比慢。

11. 自由有时是最大的限制。这本书写得辛苦，汪先生的宽容是原因之一。自由有时会使我失去言说的必要。

自由导致失语。

12. 画如梦，不可解。我借画说了点自己的话，与画无关，或有关。

但愿是误解。

二〇〇四年七月二日深夜

凡·高之一

一个赵光腚似的穷苦人给后人留下了巨额的遗产，这是工业时代里令人匪夷所思的神话和笑话。凡·高早已不是那个为艺术发疯的男人，而是一笔利润可观的股票，是画廊的价签上像荷尔蒙一样不断飙升的数字，是黄世仁们的新别墅里必不可少的装修用品，是品牌店里的最新时尚，是“文人”们喋喋不休的“人文”话题，是凡·高自己生来就畏惧的一个词语：交易。

凡·高　38cm×50cm_1996

流　霞

女人坐在窗口，眺望着她身体外的迷宫。城市如同她的身体一样宁静和幽深。它比她更早地出现，因而城市是摆在女人面前的一个事实。

女人赤裸于窗口。这一构图表达了女人对于一座城市的渴望。也许，她的故事，那些即将到来的秘密，正在城市的角落里埋伏着，蠢蠢欲动，像阴影里的猫，宁静、诡秘，等待着某种事情发生。

城市是一片浩瀚的词汇，它们的词性表面上是名词——街衢、楼房以及各种事物的名字，干净、整洁、优雅、秩序。但每一个具体的名字都暗含着一连串的动作，而且这些动作又无不与欲望有关。城市本身就是欲望的产物，因而城市的所有零件都无法与欲望脱开干系。但是城市能够很好地把它们掩藏起来，它与乡村的区别之一就在于它能为所有肮脏的勾当提供掩体，如同燕尾服是男人的掩体，只有了解他历史的人，才能从他体面的身份里看出他的邪念。

这幅风格唯美的作品暗藏杀机。我领悟到了某种危险，那危险并非来自窗口的高度，而是来自城市的深度，来自一个年轻艳美的身体在老谋深算的城市面前的不堪一击。

流霞　50cm×70cm_2004

向　晚

向晚是一个空间概念，它分属于怨妇、诗人、流浪汉和卖笑女。作为白昼与黑夜的中间地带，这里地形复杂、深不可测。被公文包与写字楼、电脑与数表包装的生活，一旦进入这一地带，就会发生某种奇异的转向。只有在这里我们才可能看到真正的生动景象，诸如抽搐的公交车、暧昧起来的酒吧灯光、商场内部骚动的欲望、无家可归的诗人、不知去向的丈夫、跃跃欲试的妓女、养精蓄锐的绑匪、觥筹交错的阴谋……纷纷在这里寻找着合适的位置。它打破了城市井然有序的假象，使它原形毕露——城市也只有在这个时候才摆脱了拘紧而进入松弛的自然状态，如同明星走进了自家的卫生间。一个未经训练的人可能在向晚惊惶失措，因而，在向晚的街道上平静地走过，可以被认为是一份值得称道的能力。向晚容纳并且侵蚀我们，它以丰腴别致的造型和迷宫般的内部结构，极尽所能地企图扭转我们的脚步。进入向晚的身体，你会滋生出某种离奇、怪诞的感觉。培育着欲望、快感和细菌，向晚是通向黑夜的一条诡计多端的隐秘走廊。

惊蛰　45cm×48cm_1997

冷山　78cm×49cm_2018

月　夜

在城市里，一个人的活动区域通常被包含在两种事物中——窗子与街道。一般情况下，街道归白昼管辖，而窗子是夜晚的臣民。这两种不同规格的空间，得到了时间的授权，因而对人的生命进行着托管。它们性格内敛，从不发号施令，却忠于职守，只有街道把人们送抵窗口，它才在月光下，开始短暂的休眠。

道路为一个人的生命提供了诸多变数，它们四通八达，为欲望指明了最迅捷的通道，它标志着生活中的未知部分，而窗口却对此无动于衷，作为生活中已知的和确定的部分，它总是否定道路的功能，如同一个早已得知的结果，对那些复杂多变的运算程序发出鄙夷的笑声。

房屋标定了一个人的界限，但房屋与囚室的区别之一就在于它拥有随时敞开的窗子。窗子预示了道路的诱惑，同时指出了道路的危险。于是，开放的窗子给人以有限的自由——他们可以在规定的时间内外出，却必须在预定的时间里返回。这决定了一个人不可能走得太远，在更多时候，他们只能走重复的道路，而不能把道路衔接起来。窗子通常高于道路，这使它获得了某种优势，但它的高度并不足以展现道路的全貌，因而，尽管形影不离，窗子对道路仍然是一知半解。

如同所有街道都只是迷宫的一个构件，任何笔直的大路都将汇聚成十字路口，使本来明确的方向突然诡秘地失踪，窗子也显现了一座城市的内在矛盾——它试图为生命提供庇护，却很容易把这种庇护转换为关押，这又从根本上否定了生命的意义。

万卷如雪　70cm×50cm_2012

司徒的月色

窗子把复杂的世界化约为简单的图画，它省略了声音、温度、气息和可能的伤害。它把尘世挂在墙上，使之成为一件装饰。

但是也有例外，月色就是其中的被豁免者。窗子越是企图以其高大显示权威，就越适得其反；窗子的边界越是巨大就越有利于月光的偷渡。月光如幽灵一般掌握穿墙术，它手中的利刃可以轻而易举地瓦解窗子的傲慢。

房屋为人们设定了虚拟的安全。它将大千世界拒于窗外，成为被观赏品，人们便得以在个人空间中，高枕无忧。彻底的安全来源于彻底的隔绝，但是安全显然惧怕黑暗，因而它在墙上留下了窗口。窗子的功能是保持一个人内部世界与外部世界的联系——尽管这种联系已经被降到最低。但有一个简单的事实被忽略了，窗子并不能成为保护安全的卫兵，它脆弱不堪，它的防线很容易被突破。作为外部世界的先头部队，月光的入侵已经预示了这种可能性。它淫荡的手掌可以抚摸每一寸不设防的土地。人们窥望外部世界的欲望最终削减了自身的安全系数，它使人们自己也成为被窥望者，甚至是被偷袭者。窗子以其亮丽的修辞宣布了一个谎言，它所透露的关于外界的消息，以及它对安全的许诺，都是不可信的。

凡·高之二

所有的掠夺都针对弱者，

如同所有的谄媚都指向权贵。

凡·高成为二十世纪一只最为丰腴和孱弱的羔羊，

它因满足所有人的胃口而沦为公共用品。

他以惊恐的目光注视着那些争先恐后的攫取者。

身无分文的印象派画家又一次惨遭洗劫。

继痛失爱情、尊严和耳朵之后，

他又一次被釜底抽薪，

偷盗者毫不犹豫。

迟来的歹徒有一个冷酷的名字——冷冰川。

这位最后到来的盗匪抢走了画家最宝贵的东西——色彩。

凡·高　38cm×50cm_1996

闲花房

抢劫者的仓库。

春天是它的赃物。

闲花房之冬　42cm×30cm_1989

红樱桃·绿芭蕉

颜色是依据什么命名的？它们的名字与视觉印象之间的黏着关系，肯定是人为的。如果不对婴儿进行启蒙，他绝对不会面对红色的玩具发出 hóng 的声音来。也就是说，对颜色的命名不是先天的产物，而来自外部经验。如果我们决定把一种颜色定性为红，那么红到什么程度才算红，红与相邻的颜色（比如黄、深黄、橘黄）的边界又在哪里？当我们根据颜色对事物进行分类的时候，其中包含了过多的直觉成分，这有违于目录学的科学性，因而是不可信的。

这在一定程度上消解了词语的权威性。我们对其大可不必过于信赖，因为它们与其所指的事物之间存在着微妙的矛盾，而不是准确地黏着在事物之上。单个词语边界的模糊又使作为词语组合的句子、文章、书籍的内涵处于含混不定的状态。词语与世界不存在准确的一一对应关系，它们之间的关系是松散的、游荡的和变化的。当言说者使用一个词的时候，他无法保证这个词能够安然地抵达倾听者那里，而不在中途发生变故。显然，作为表达和倾听的联结物，词语并不称职，而且从来没有称职过。真理一旦通过词语来表达，真理也就显得形迹可疑。

但我们不可能超越词语，离开词语我们的生活就会一片狼藉，因而比起红的樱桃、绿的芭蕉，我们的生活无疑是有限度的生活。

让闲花先开　25cm×18cm_2005

暗　香

所谓暗香是指一种缺席的芳香，相当于那些用于止渴的虚构的梅子。它是否存在有待证实，但它的魅力恰在于似有还无。一切诱惑皆因其展示了远景却不标明道路，这是围绕欲望进行的某种恶作剧，它既证明了诱惑的虚无，也证明了欲望的卑微。

作为与生俱来的精神胎记，欲望既是先天所赐也与后天培养有关，而欲望的坐大，自然与诱惑的“提携”有关。欲望是一个人“入世”的入场券，所谓的无欲通常是尘世中隐退者的宣言，他们借此向神的住所靠拢，从某种意义上说，这也是一种欲望，任何一种修行都无法掩藏埋在深处的渴望。对于俗众来说，“入世”之后，诱惑及时地充当了引导员的角色，一种潜在的暗香，与虚位以待的内心竟是如此般配。

然而欲望有时却会被诱惑搞得晕头转向。所谓欲望没有止境，其实是因为诱惑从不标示终点，令欲望总是疲于奔命。这决定了欲望的悲剧命运，而暗香作为诱惑，则始终若有若无地浮动，优雅恬适，一劳永逸。

净土无敌　50cm×70cm_2012

凡·高之三

向日葵般沸腾的色彩消失了，只剩下黑白。这两个幸存者醒目地对立着，如同两名最后的极端分子，手持利器，互不妥协。这种尖锐的对立恰巧吻合了世界的真相——所有的色彩，都埋伏于黑白两色之中，仿佛彼此交替的白天与夜晚，将世间一切事物纳于自己统治之下。黑与白，分别被魔鬼与天使征用，它们在各自的版图中分别掌握着最高权力，而那些看上去斑斓华丽的色泽，无不是它们卑微的子民。

凡·高　38cm×50cm_1996

最后的罂粟

罂粟更像是一条谜语，一般人很难在它优美的谜面和阴森的谜底间建立起逻辑关系。在它将你领入地狱之前，它一直讲述着天堂导游词——它的每一个词语都透露着天堂的消息，它浑身染满天堂里的诡异香气，让你对它的身份信以为真，从这个意义上说，罂粟是植物界最大的骗子，它的智商略高于人类。

最后的罂粟　50cm×70cm_1999—2001

醉斜阳

酒是真正的魔法师，它以貌似柔软的流动身体诱惑你，并且在一种无比愉悦的交往中，改变你的性格、举止乃至外貌。它轻而易举地把一个人变成另一个人。

酒是我们日常生活中至今仍在发挥影响的为数不多的农业文明产物，它来自大地上的谷物。但它与饥饿无关，或者说它只对个性上的饥饿负责。酒直接作用于人们的大脑和双腿，它的致幻作用使人获得某种逃逸的冲动。波德莱尔说：“一个人必须总是喝醉。一切都至于此；这是绝无仅有的道路。时间压垮了你的双肩，使你头颅低垂，要你感觉不到这样的重负，你就必须毫不迟疑地喝酒。”在沉闷的现实格局之外，酒确立了一种颇为诱人的游戏规则，并且许诺了若干好处。它为诗人、旅行者、侠客、革命家和情圣们准备了职业，使他们进入不受日常规则限制的特区，并把饮酒仪式化和神圣化，来配合他们的壮举。

酒不动声色地完成了征服的过程，如同魔术，在一种易于为人接受的晕眩中，它解除了人们的恐惧，即使是砍头断身，也能换来欢呼和掌声。

醉斜阳　50cm×70cm_2004

醉 眼

所以，人们透过醉眼观察到的景象，与梦境十分近似，无法叙述，也不可重复。酒精创造了另外一种事实，它轻盈、迷幻、闪烁不定，在它的比照下，现实显得更加臃肿、龌龊、鄙俗不堪。酒精进入身体，很快就会找到同伴，并且与那些平时处于隐蔽状态的不安定因素密谋叛乱。它把它们集合起来，并且使它们的力量成倍增长。酒的介入改变了理想与现实的力量对比，它透过朦胧的醉眼预见到自己的胜利。

但是酒精的本质决定了它必将第一个逃逸，它会瞅准时机，消失踪迹，而被它纠集起来的同伙，比如激进的话语、昂扬的情绪以及放任的动作，都会突然停在半空，迷失了去向。酒精的煽动实际上形成了对它们的诱捕，使它们在虚幻的根据地里被一网打尽。一个清醒的人会作出这样的判断：不论醉眼看到了什么，酒都不是一个真正的同盟，它不会拯救什么，只能使你堕入更深的陷阱。

丰色 45cm×50cm_2003

晚 妆

化妆是人们（尤其是女人）对于面容的有限度的修改，如同语言通常要经过修辞和夸张才锥发表。当然，化妆并不能改变五官的位置和比例，也就是说，它并不能改变面容的实质，而仅仅是营造一种错觉，就像语言的夸张并不是谎言一样。可以说，化妆也是一种语言，是一个（女）人的某种表态，透露着她（他）浓重的个人口音。她（他）的身份界定、审美趣味，以及对他人的态度，全都包含在这些含蓄的词语中。

化妆巧妙地隐瞒了面容上与生俱来的缺点，同时夸大了优点。对此，没有人予以指责。可以说，人们在这个问题上达成了某种契约，这种默契使每个人都有可能受惠。这表明了面孔的社会性质——它纯属个人财产，却关乎一个人在他人心目中的位置。人们对身体的其他部位，比如手和脚的形象给予的关注远远少于面孔。当一个电视人面对镜头的时候，化妆几乎是必不可少的程序，中国传统戏剧更是通过化妆来界定一个人的社会身份，这充分表明了面孔先天具有的意识形态色彩。

古希腊人认为美是有规律的，他们从数学中寻找关于美的定律，并将所有的线条与色块纳入某种固定的数字关系中。审美的规律性已得到普遍验证，这使得美的标准变得统一，至少在某一具体时空之内如此。人的面孔具有不可重复性，而化妆，正在抵消这种不可重复性，使其纳入一种统一模式中。这又暴露了化妆的内在矛盾，即：确立自我与迎合社会之间的矛盾。

琴心三叠　35cm×50cm_2002

化妆的极致是整容。鉴于容貌与个人身份的绝对对应性，对容貌的改变已经被视为破坏规则的行为而引起恐慌。无论是好莱坞的电影《夺面双雄》，还是当下的“人造美女”官司，都证明了这一点。作为谎言的同谋，整容挑动了“真”与“善”、“美”之间的内部决裂，而一张脸的改变，又必将导致社会关系的危机——任何一个“我”，都可以在手术刀下变成“非我”。整容因超越了约定俗成的限度而遭到质疑。那么，夸张与说谎的界限在哪里，而整容技术的进步，是否将使化妆术走入歧途？

即使在夜晚，观赏者已悄然隐退，女人仍然乐于在镜前装饰自己的面部。女人通过化妆完成了对自我的想像，和对上帝安排的小小抵抗。

依秋千　26cm×38cm_1987

凡·高之四

大面积的光斑消失之后，我们与凡·高重逢。瘦削的面庞、惊惧的目光、被纱布包裹的耳朵(是耳根),是他永不丢失的证件。我们由此辨识了他的身份。“凡·高”是一个无法冒充的名字——现代社会据说已经进化到可以炮制一切，比如没有父亲的孩子、消失的处女膜以及浑身硬伤的著名学者，唯独无法复制出一个凡·高来。那只跳跃而去的耳朵，象征着某种舍弃和牺牲。当艺术沦为人们纵欲的支票，没有人愿意如此蔑视自己的肉身。雪白的刀刃，划开了凡·高与众人的距离。如果用上现代人最为熟悉的词汇——交易，那么，这或许是由凡·高亲手完成的唯一交割。耳朵是他身上最后一枚金币，他在嘲笑中支付给命运。众声喧哗，在他缺席的耳朵后面，旺盛的向日葵寂静地绽放。

凡·高　38cm×50cm_1996

夜的如花的伤口

伤口几乎已经成为每个人的标志，是时间赐予每个人的勋章，它表明了一个人的资历。所不同的只是，人们从不炫耀这枚勋章，通常把它藏在秘不示人的地方，只有在特殊的时候，才拿出来欣赏一下，尽管那时的伤口早已生锈，不再具有最初的痛感。所谓的坚强不是出于自负就是出于麻木，它把呻吟和呐喊当作丢丑的事情，所以在坚强的人的身上我体验不到人的温度，如同黑夜遮蔽了他们的面孔。他们是黑夜里的行尸。痛感的消失意味着一个人内心的死亡。

伤口的价值在于让人们意识到刀片、锥子以及各种代用品的存在。它们很少露面，黑夜是它们永不更换的夜行衣，但距我们可能只有几步之遥，随时可能亲近我们柔嫩的肌肤。看见伤口就等于看见它们尖利的棱角。因而，伤口不仅是历史的印记，也是对现状的提醒，它让人们生活于警觉之中，无法安然入眠。

一个敏感的人能够从别人的伤口上感觉到疼痛，因为它代表着一种动作，而这种动作也同样可以伤及自身。一个人的伤口可以像一条蠕动的虫子，爬到另一个人的身上。任何躲避和防范都无济于事，而治疗，也只能在事后进行。一个人不可能在一生中不留下一道伤口，无论大小，还是深浅，所以说，伤口是一种宿命，它在远处窥视着你，等待着你的靠近。

夜如花的伤口　38cm×50cm_1996

当我们说出“伤口”一词，应当注意到嘴唇由张开到收拢的转变。它表明了伤口带来的两种反应：释放和回收。无论是恐惧还是疼痛，首先要经历一个本能的释放过程，然而痛感的加深同时意味着承受痛苦的能力的加深，所以内部的承受力通过伤口与外界的伤害形成某种平衡，于是伤口缓慢地收拢，收拢到内心最深的角落，沉积成一片坚硬的化石，成为对抗伤害的武器。伤可以是一个人的内心与外界紧张关系的见证，也可以是两者势均力敌并最终握手言欢的停火线。

如果我是一名学者，我很可能写一部厚厚的伤口史，书名就叫做《夜的如花的伤口》。顺便声明一点，这部著作与外科学无关。

问菊　50cm×70cm_2012

唐诗宋词之间

有时，我躺在枯瘦的室内，翻阅脆黄不堪的唐诗宋词。它们是那么的丰腴、艳丽，充满洁癖。每一个字里都渗出欲望，但它们的表达那样书面化，那样优雅和节制，与下三路格格不入。犹如某种轻松的精神操练，它们令人陷入幻想，陷入它们神秘的花丛里，带来虚假的高潮与快感，以及快感之后真实的沮丧。作为一种标识，词牌成为这种精神洁癖的极端表达；格律则如唯美的舞步，克扣了太多的思想、冲动以及上不得台面的欲念。诗词家们大都不承认自己是凡夫俗子，因而他们步调一致地回避着排泄、垃圾、精液这些词汇。他们不会看到我们龇牙咧嘴寻找厕所的悲壮身影，更无从判定我们忍耐的极限在什么地方。

于是我写下这样的句子：题材经过他们的选拔大都洁净光滑，高雅精致，像小布尔乔亚们每天经过处理的下巴。生命中复杂的处境，苦痛、软弱、屈辱、彷徨乃至不被察觉的危险，就这样因其有碍观瞻而被轻易地绕过。我们曾经被一些写作者告知要热爱生活。无须号召，那些经过了加工的生活肯定是人人都热爱的，它们神圣、庄严、浪漫、体面（就像专门给检查团打扫的街道），而且，富于戏剧性——在那些被描述的生活中，每个人都像是经过培训的演员，一口莎士比亚式的台词，深奥而且华丽。遗憾的是，如同堂皇的口号并不能改善我们的境遇，作家的洁癖也无法消解生活的琐碎不堪。

而我的好友敬文东则说：自 W. 本雅明说诗人就是“拾垃圾者”之后，绝大部分城市诗人认可了这一有伤尊严的身份界定。他们匆匆穿过地铁、街道、十字路口、超级市场、公共厕所、发廊和立交桥，随时准备在垃圾堆上发现新的诗歌素材。据我所知，当代少数优秀诗人的确在垃圾堆上找到他们所需要的东西。他们也写出了为数不多的、充满垃圾气味的优秀诗篇。

唐宋之间　38cm×50cm_2000

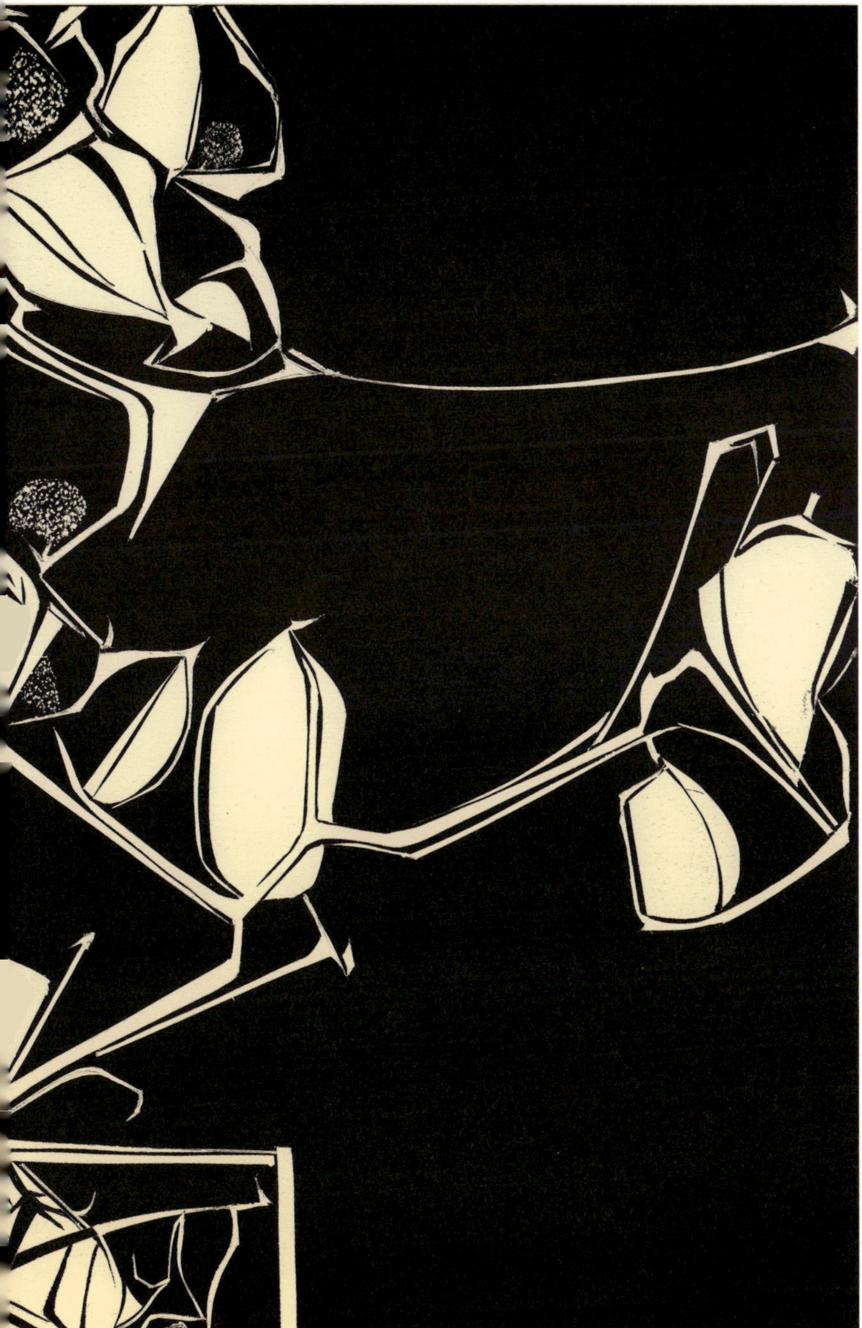

伤花　36cm×25cm_2012

花底一声莺

花香莺语通常是作为英雄主义的对立面存在的。它柔软妖娆，消磨斗志；它预告着危险，并且令英雄始终处于警惕的疲倦中。可以这样认为：只有残忍和无情才是英雄主义的真正肥料；只有在血泊中，它才能被养得白白胖胖。因而，英雄主义者敌视一切轻松美好的事物，把它们视为糖衣炮弹。在英雄主义者那里，花香莺语统统改变了原来的意义而成为谎言、陷阱和暗箭。由此我们几乎可以断定，英雄主义者不是性恶论者就是有着一套特异的语义接收系统，使世界的映象在抵达他们大脑的途中发生某种转变。他们的语义系统只能接受苦难、血腥、暴力这样的词汇，而令诸如安祥、精致、唯美这些词汇找不到安身之所——它们只能出现在海市蜃楼般的远景中，但英雄主义者从来都拒绝将目标转换为现实。这不仅使英雄主义的美学价值大打折扣，也令人有理由对英雄主义者的诚实产生怀疑。

花底一声莺　35cm×50cm_2003

凡·高之五

凡·高用画笔表达对世界的看法。狐步舞曲中，上流社会以优雅的姿势欣赏着油画，并认为与画家达成了默契。

凡·高的画在画廊与客厅之间流通，而凡·高本人则往返于漆黑的矿洞和寒冷的棚户。炫目的阳光和诡谲的星辰、不安分的愿望和铁一样沉闷的生活，歌声以及噩梦，在他笔触中，彼此缠绕、冲撞。我们看到大的植物——向日葵、树木、麦田、鸢尾花……看到植物也有神经，在不被察觉的深处呻吟或者呼喊。

一个朋友说，贫穷就像吸毒，也有一种特异的魅力，容易使人上瘾，尤其对于穷人中间那些性格孤僻、儒弱的人。正如一个人在完全绝望时反而获得清醒的神智，非常恶劣的窘迫和贫困同样带给我们异常敏锐的感官。很多年代里，人类对于贫困保持着精细的味觉，这是使人叹为观止的准情神领域。因为贫穷使我们的身心坠向真正的民间。诗人布莱说，贫穷而能听见风声也是美的。

野种（局部） 150cm×26cm_2017

在文明社会之外，凡·高行走在自己的笔触里，贫穷像冬天里的空气一样固执地包围着他，令他无处躲藏。贫穷是甘草和牛粪混杂成的一种健康气味，与沙龙里的芳香大相径庭。凡·高在给提奥的信中表达了一种极为简单的愿望：我要告诉人们一个与我们文明的人截然不同的生活方式……如果一幅农民画散发出火腿味、烟味和土豆热气，那不要紧，绝不会损害健康的；如果一个马厩散发出粪臭，好得很，粪臭本来是属于马厩的；如果田野里有一股成熟的庄稼或土豆或粪肥的气味，那是有益健康的，特别是对城里人。这样的画可能教会他们某些东西。但是，香味并非是一幅农民画所需要的东西。

在凡·高的画前，富人们小心翼翼地戴上雪白的手套。他们感谢上帝，赐给画家贫穷。

野种（局部） 150cm×26cm_2017

耳 语

耳语是不被第三者听见的。耳语的目的不是传播，而是逃避他人旁听，除当事者外，它是一种拒绝倾听的语言，它把语言交流限制在最小的范围内，这似乎有违语言的本性，但它确乎存在。

于是，我无法断定在我的听觉之外，到底有多少种语言，正在人与人、人与物、物与物之间通行。它们可能就在我的身边，进行着讨论、交流、诽谤、调情、拉关系、讨价还价、口诛笔伐，其中可能不乏别致的思想和华美的修辞，但我对它们一无所知。由此，我怀疑自己对身边的事物究竟了解了多少，耳语标明了人们的界限——他们永远停留于表层语言之上，而无法潜入语言真实的核心。

捷克文学大师赫拉巴尔在《过于喧嚣的孤独》中写到地下室的老鼠时，描述了不同派别的老鼠间进行的战争，写到下水道和阴沟里的灰鼠总参谋部正在同自己的战斗部队制订作战计划，“将军们用无线步话器发布战令，指出哪块前沿阵地需要加强火力”。我相信他描述的既不是寓言，也不是玩笑，而是对世界的写实，我甚至看到了他在写作时那张现实主义风格的脸。我开始注意那些从前忽略的发声器官——它们隐藏在动物的毛发里成者植物的纹脉里，但它们从来不曾消失，也不曾丧失过功能，信息在它们之间如灰尘般飘来飘去，你来我往，事物之间根据这些信息决定自己的反应，世界的秩序也由此不断进行着调整。在那些微妙的耳语之上，坐落着另外一个世界，与表象世界迥异的世界。由于我们听不见事物之间的耳语，就永不可能对那个世界有所感知。

耳语　35cm×50cm_2002

鸟儿乖乖

是什么使鸟儿在空中发现自己的道路？显然，天空中没有路标。阳光并不具有指示功能，云朵更不可靠，它们像变节者一样犹疑不定，并且企图以自身的纯洁来混淆视听。除了这些，浩大的天空居然一无所有，连一点预想中的曲折或者惊险都不具备。如同一片枯燥而残酷的海洋，天空湮没所有的声音，但与海洋不同，天空没有止境，从不提供一个可以歇息的海岸或者岛屿。因而，有理由认为，自由、广阔与平静仅仅是天空的谎言，它的背后隐藏着一个巨大无边的陷阱。它远比海洋、沙漠和沼泽更加险恶，它是由最大的时间和最大的空间合并而成的集权，它拥有世上最大的权力，所以，古今中外的各种神灵，都试图在它的地盘里寻找居所。

牢狱的坚硬并不取决于围墙的厚度，它真正的残忍在于取消了道路的价值。天空就是这样的牢狱，它可以任你驰骋，但所有的道路最终无不通向死亡。这是本质上的囚禁，是任何生命都无法摆脱的宿命。然而真正的奇迹在于，鸟儿在这样一个专制国度里居然从容不迫。作为天空中的弱势群体，在天空的威胁、骚扰和恐吓中面不改色。它们是最虔诚的布道者，在一条永远封闭的流放路上，传播着对于自由的想象。

鸟儿乖乖　38cm×50cm_1998

野　望

野望是一种不需要成本的审美活动。作为一种永不枯竭的可再生资源，它对人类充分显示了它的慷慨，至少，他们的交往是以传统的以物易物的方式进行，自然呈现风景，人类呈现诗篇。

但这已是前经济时代的故事。经济时代的特征是将一切都货币化，几乎所有事物都可以换算成一连串的数值。货币的介入使事物之间彼此的交往变得间接，都必须经过货币的审核之后才能进行。货币既成为渠道也成为障碍。在面对所有事物之前，每个人都必须首先面对货币。没有货币的指引，我们甚至难于与风景谋面。我们以为是风景的变节，实际上它只是充当了货币的人质，它的命运取决于我们是否愿意交出赎金。货币使得山川自然建立了一种新的关系，一种经济共同体，所有的景物均将根据支付能力而进行定量分配。李白或者范仲淹因为没有携带信用卡而被一再驱逐，作为野望者兼诗人，他们已不再受到风景的欢迎。他们从货币的领地里落荒而逃，他们眼中的风景已成为一个无法立足的词语的空壳。

白秋　50cm×70cm_2004

春鸟秋虫

无路可逃，
逃至梦中。

千灵显　50cm×70cm_2012

雨水——冷香

清人张潮云："雨之为物，能令昼短，能令夜长。"这是来自中国古典文人的相对论。中国人拥有一套自己的计时系统，西洋的钟表无法与它核对时间。

冷香　38cm×50cm_1996

小　雨

我愿把雨当作上天的文字，它发表在天幕上，以便阅读。但是都市人对雨的感受越来越淡漠了，他们用漂亮的雨伞和富丽的私家车隔绝与上天的这种交流。只有农夫是始终如一的读者。只有他们能够从中辨识上天的情绪和语气，他们对雨天里的每一个符号都诚惶诚恐，他们努力地劳作，以免遭到天空的训斥。

细雨鱼儿出　50cm×70cm_2006

雨　蕉

而在植物与天空之间，同样存在着一种对话关系。雨打芭蕉，使我们可以窃听以它们轻柔的音律和繁密的修辞，但更多时候，这种对话秘不示人。苇岸曾经惊奇于物候与节气的奇异吻合与准确对应，那是因为我们只看到了结果而忽视了过程，对万物与天空的交谈茫然无知，更无从知晓大地所有的变化都是根据上天的旨意而作出的反应。

雨蕉　38cm×50cm_1997

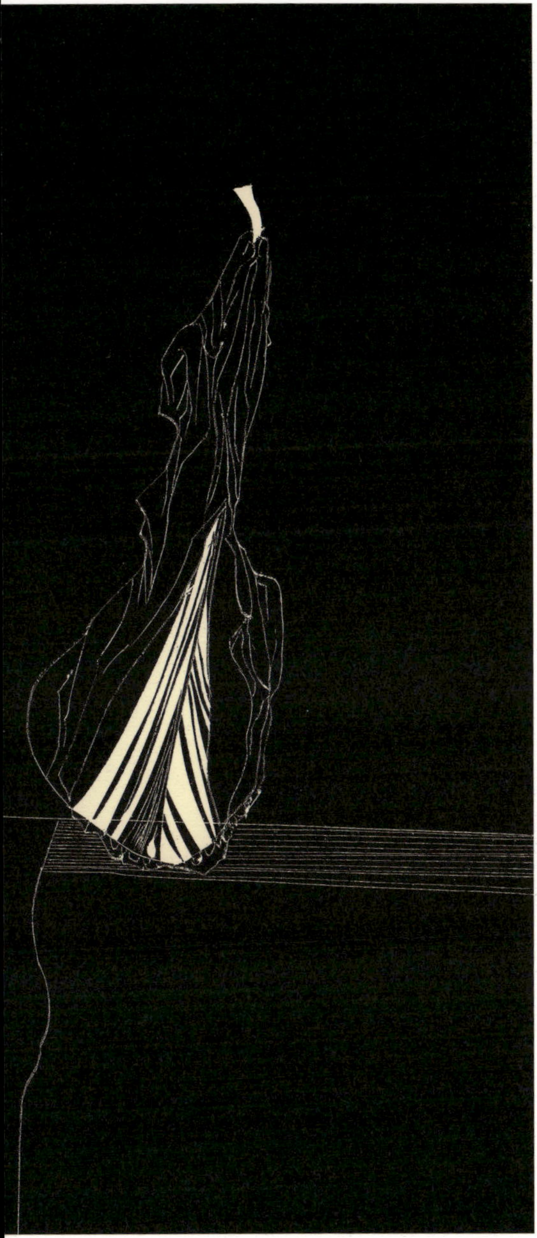

秋 霜

停留的时间很短
像
夏季和冬季的一次偷情

静物 28cm×20cm_2011

踏　歌

水车曾经是大地上长出的器官，它们的秘密藏在它们的旋转里。圆是多么神秘的图形，里面包含着自然与哲学的奥义。如果不把钟表设计成圆形，我们简直不知道该准备一把多长的尺子来丈量时间。周而复始的圆并不是“零”，它裹挟万物，投入一场从生到灭，从枯到荣的运转中。水车深谙圆形的奥秘，它们在旋转中，让树干一样的河流生出许多细密的枝桠，伸展到每个庭院与田园。永不疲倦的水车不知给多少事物提供了动力——女人们围成圆圈跳舞，男人们挥舞的锄头在空中划过圆形的轨迹，而这些旋转的圆形最终收束于男人们的根部，变成种子喷射到肥沃的土壤里。不知人们是否意识到，他们就是庄稼，是被乳房般的水车哺育出的孩子。水车接通了血液与逝水，从生命的倒计时中始终固执地寻找向前的力量。

城市里也有水车，但城市里的水是死水，因而水车从不转动，犹如句号，大而无当地停留在天空下，不会带给我们任何与生命有关的提示。能够转动的是游乐园巨大的摩天轮，从上面下来，女儿心满意足，我却有些晕眩，像是分不出大地与天空的区别。

踏歌　50cm×70cm_2002

凡·高之六

很多年后，一个才华横溢的中国画家，在散发着陈旧气息的荷兰街巷与凡·高不期而遇。中国画家内心的黑白底片见证了他的瞬间表情。

凡·高　70cm×50cm_2015

远　方

远方不是表示距离，而是表明差异。所以在久远的时候，山的另一边就是远方。过去人们说起这个词的时候，透露出他们对另一种生活的想像。著名的同性恋者兰波写下的不朽诗句“生活在别处”，实际只是对许多散布在各种嘴唇上的自言自语的模仿或者抄袭，他并不享有原始版权。人们早就表达了他们对于远方的认识，用艰辛和牺牲来证明远方的存在。而流浪者的生活，更是由远方提供的。没有远方，流浪者就会失业。所幸，远方不止一个，当一个远方到来的时候，还有无数个远方跟随在后面，这使流浪者拥有了源源不断的精神依靠。后来的结果有些出人意料，日益发达的交通并没有给他们提供援助，相反使他们陷入困境——它取消了远方的悬念，使它们变得单调和雷同；它废除了心理上的远方，取而代之的只是一串随时可以抵达的地名。

远雷　50cm×70cm_2002

触处似花开　70cm×50cm_2003

迷　蝶

向日葵对于太阳的集体朝拜可能取决于它们的相似性。向日葵形的面孔，以及四周黄色的花瓣，无一不是对太阳及其光芒的复制，这不能不让我们猜测它们之间的血缘关系。如同上帝根据自己的形象创造了人类，太阳同样根据自己的形象创造了向日葵。所以，太阳就是向日葵的上帝和祖先。作为一切事物的光源，太阳的荣耀确立了整个家族的地位。这就是只要太阳出现，它们就会骄傲地昂起头颅的原因。

向日葵从太阳的光芒中寻找自己的归属。它们巨大的军阵使人赞叹和迷惑。它们团结向上、步调一致，它们的激情可能使任何一个贸然闯入的蝴蝶惊愕和迷失。但它们无论怎样与领袖酷似，都不可能发出光芒——它们看上去与太阳几乎同构，但功能上却有天壤之别。它们的境遇和地位由此决定——它们只能作为陪衬和牺牲者出现。差不多在所有有关太阳的图腾中，我们都可以欣赏到向日葵的虔诚，无数张重复的面孔烘托着太阳的权威，连死亡都成了对太阳的祝愿，垦荒者的火焰会吞没它们，它们用死亡证明了太阳的永恒。

残夜　38cm×50cm_1996

死 船

这幅画面充满隐喻性，它由两个截然相反的意义构成。死代表结束和静止，而船则诱使你产生与远方有关的某些不安分的想像。我们在海边不止一次地见到过死船，用枯瘦的骨骼和僵硬的身体讲述它的传奇，那些日渐模糊的轶闻里既包含着对历险的唆使也暗藏着严厉的警告，而这种话语矛盾实际上显示出时间与空间的对立——当你试图成为空间占有者的时候，时间就会出来进行干预，它用死亡来中断冒险者的道路，使它不可能最终成为空间的获胜者。与此同时，时间公布了它的悬赏——所有在空间上没有野心的人，在时间的定量配给中，都将被放宽政策。在死船身上，时间和空间公开了彼此的不合作。它们在同时传达各自旨意的同时，也把选择的权力，交到你的手上。

死船　38cm×50cm_1996

三 角

三角结构是最稳定的结构，通过对这种最为简单的几何图形的解读，金字塔的建造者破解了关于永恒的秘密。但是在我们的世界里，“三”经常充任不祥的角色。所谓“事不过三”，就已经披露了“三”作为临界点的事实。我们更习惯于由两极制造的平衡，诸如黑白、昼夜、彼此、阴阳、男女、爱恨、枯荣、灭生……而“三”则被视为多余的部分而无处安身。“三”作为一个深奥的数字已经超出了我们的日常经验与想象，因而我们与古代法老的区别在于我们永远不可能创造奇迹。

一千哻　70cm×50cm_2010

西班牙山水

石头是大地上最后的顽固者，它们的沉默寡言中包含着某种果决——拒绝一切改变。作为以不变应万变的典范，凡是切割或者搬运这类违背它们意志的事，都将付出极大代价——它们甚至会杀死自己的敌人。

但是大量的石头出现在城市里，诸如大度的石阶、桥梁的石礅、广场的石雕、花园的石笋……山脉消失，楼房丛生，每个人都可能亲眼目睹一次全新的大陆漂移过程。石头的重新排列改变了世界的景象，使它日益合乎现代人的空间美学。似乎很少有人注意到城市对石头的暴力侵犯。城市已经成为石头的战俘营，那些被注销了身份或者更改了籍贯的石头正在接受着肢解和切割，城市的建造过程实际上就是对石头的押解和奴役过程。人们用石头的尸体建造乐园。还有骨灰——“石灰”一词清楚地透露了城市的来历。在最顽固的对手被征服以后，城市已经所向披靡。没有比征服石头更能体现城市的意志了。为了炫耀胜利，城市把自己的历史镌刻在石头上。

星月　35cm×50cm_1999

凡·高之七

他的表情已平静许多，目光由惊惧转为深邃，略近于一八八九年的自画像。从他这一时期的《吃土豆的人》《悲哀》《麦地》中，我们看到了他目光中的景象。

有人把凡·高视为“博爱的社会主义者”。尤利乌斯·迈尔-格雷费在《文森特与社会主义》中将他描述成圣徒——“为《圣经》所燃烧的人”，“这个人似乎感觉到属于我们整个时代的自我主义的耻辱，并以伟大的殉道者——他们的命运自古以来就落在我们的身上——方式作出自我牺牲”。

一位朋友曾把悲剧、真理和英雄称作“人类有史以来最他妈矫情的玩意儿”。我们制造过许多真理，被所有神圣的尺度严格地丈量过，信以为真的蠢猪们怀抱着冲锋，最后把自己弄成了英雄。如同真理有其不可克服的虚假，英雄也都有着内在的狡猾。与他们相比，凡·高只是个低能儿，他把自己弄成了疯子。他并不信奉什么，也没有什么清规戒律值得他遵守。相反，他对所有披着神圣外衣的人保持警惕。他只相信自己的逻辑和大地的道德。他被目为疯子，是因为他从不使用现成的真理，也从不出借内心的圣经。

无题　22cm×28cm_2012

传 唱

传唱是传说的另一种形式，它把声音美化，以换取更多的信任。许多虚构的历史在旋律介入以后变得琅琅上口，易于传播。它在一定程度上化解了人们对于真实性的疑问，或者说，当语言变得更加悦耳以后，聆听的目的发生了某种偏移，探求真相不再重要，对真相的转述则更拨动人心。而这种转述，是彼此衔接的动态过程，对信息的各种处理程序（包括删减、重组、补充）都在其中悄然进行。传唱的起源是语言史上的重大事件，它既提高了语言的权威性，又削弱了它的权威性。在它之后，旋律逐渐拥有了独立的价值，而语言的准确性已经无足轻重。

睡蛇　50cm×38cm_2001

夜如花的伤口　70cm×50cm_2011

春梦劫

人们喜欢将美好的事物与梦相连，这在一定程度上证明了前者的虚假性。梦中充满奇诡的比喻、华丽的修辞和浮肿的浪漫主义，却令我们不知所云，这通常是一些号称真理的东西留给我们的印象。它盗窃了现实中的某些道具，以骗取我们的信赖。对梦的零件，我们并不陌生，比如田园、丰收或者狂欢，但在梦中无法找到五个 W，我们不可能凭借梦提供的路条为自己找到确凿的住址。因而梦是一个巫师，它给我们带来诸多无法兑现的预言，却吝于赏赐一个可以充饥的窝头。

梦通常昼伏夜出，这暴露了它不可告人的一面。黑夜有助于它施展魔法，尤其对于在夜里走投无路的人们。它看上去很像一个伟人，尊贵、自信、宽容，乐于收留一切迷途的流浪儿，并且利用他们的虔诚组成一个庞大的集团。无论在白昼多么清醒的人们，一伺夜晚来临，就都变成了梦的忠实者，尽管他们很难从梦中捞到切实的好处。黑夜掩去了所有人的面孔，只剩下梦，在众人的拥趸下，无所顾忌，为所欲为。

梦用空洞的许诺贿赂众人。它让人们在虚幻的自足里忽视近在咫尺的危险。梦主张乐观主义，所有悲观者在梦的国境里都将被处以死刑。

清尘　70cm×50cm_2010

传　说

我曾在若干文章中不厌其烦地证明历史之不存在，我们能够面对的，仅仅是历史的代用品。那个被我们称作历史的东西，既非历史本身，也不是因所谓“史料”有限而呈现的部分历史。它是一部经过了篡改和伪造的历史，尽管这些行为可能并非有意为之。因为历史资源的浮现从来就是不平等的，它既受制于权力又受制于机遇，而那些被掩盖、删除或者丢失的部分，很可能彻底改变我们对于过去时间的判断。对此，K. 波普尔说，把政治权力史上升为人类史，“比把贪污史、抢劫史、中毒史上升为人类史并不见得高明多少”，“那些被遗忘的无名的个人生活，他们的哀乐、他们的苦难与死亡，这些才是历代人类生活的真正内容”(《开放社会及其敌人》)。

于是，我冒昧地为历史下一个定义，就是“存在于现在与过去之间的逻辑关系”。与其把历史看作一种确凿的事实，我更倾向于把它视为一种逻辑关系，或曰推理。也就是说，历史并非一个有着固定形状的、确定无疑的客体，而是如同想象一样变幻莫测。所谓的历史合理性，只是我们认为它合理，历史是我们能够想象和推测的过去，而考古与考证，仅仅是为这种想象提供一架梯子而已。这种论调似乎抹杀了历史与传说的界限，其实在我看来，二者的界限并不存在。所有的历史，都可以被理解为传说；而所有的传说，也无不是另外一种史实。传说试图解开关于我们的来源的悬念，但是应当注意，我们现有的推理活动都是逆向进行的，即根据现在来推演过去，而不是首先确定一个原始基点，再依次推导到现在。因而，与其说现在是过去的结果，不如说过去是现在的结果。

罗兰・巴特在十八岁时杜撰了一个关于苏格拉底的故事，故事中老苏格拉底准备逃出监狱，在送他去埃皮达鲁的船上，一个弟子问他：那历史该怎么写？苏格拉底轻描淡写地回答：“哦，历史，柏拉图会安排的。”我们不妨把它确认为一则传说，这则传说正好透露了有关历史的玄机。

晚妆　38cm×50cm_1994

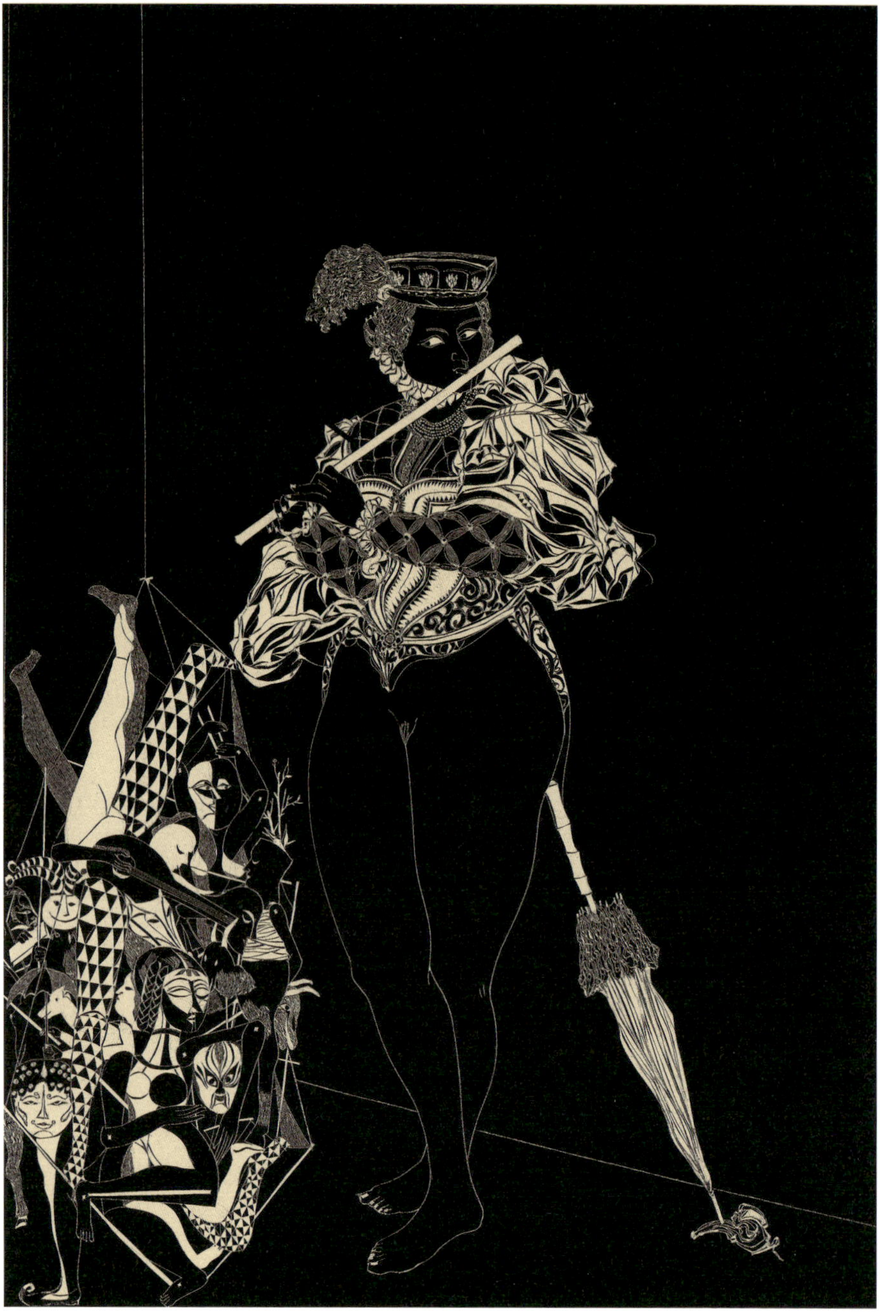

凡・高之八

愚人船是中世纪欧洲一个重要的文学词语。人们把疯人们放逐在这样的船上，任其从一个城镇漂流到另一个城镇。凡・高就是这船上的乘客，被喧哗与躁动的现实世界关在了外面。这一举动掩盖了城里人的迷途感，在凡·高眼中，他们狂欢化的嘴脸完全是丑陋的假象，他们是被关在里面的囚徒，而他自己却在脱离尘世、不可捉摸的命运中，成为最自由、最开放的囚徒。当人们嘲笑他的时候，他对嘲笑者寄予深刻的同情。他以超常的敏感和天生的忧郁，注视着那些扭曲和无奈的表情。

米沃什在诗中验证了凡・高的忧郁：

在恐惧与颤抖中，我想我才能结束我的生命
只有在我当众忏悔
在揭穿我自己和我的时代的虚假之后
我们被允许在侏儒和恶棍的舌尖上尖叫
但不允许喊出纯正而又慷慨的词语
在这种严酷的刑罚下哪个敢宣称他
认为他自己是个迷路的人

美人计　35cm×50cm_2007

菩提子　45cm×35cm_2003

情歌情节

情歌已经离我们越来越远了，那些从灯光绚丽的舞台上传出来的所谓情歌标明了它与我们的距离，它华丽、高雅、富于难度，一名歌者须经多年苦练才有可能发出这样的声音，而它的绝妙之处还在于，无论怎样的歌者，经过训练发出的都是同样的声音，这种标准化的情歌，显然已经脱离个性而变成一种平均值，甚至脱离涌动的血液而成为一件光亮的器皿。它有违情歌的本质，至少从《诗经》时代开始，情歌就作为原始自然的一部分而存在，人类最纯朴的感情就像庄稼和牛羊一样生长，并像它们一样生出果实，因而情歌不需要艺术家的摆弄而只与个人的情感和命运有关。除了真正的恋者，情歌不为第三人存在，更不具表演性，如同书写情书不是为了发表一样。它是一个人的口粮、营养、居所、性命甚至命运，只有在接近土地的地方才健步如飞，但现在的民歌拒绝了那些盘旋在荒野和牲畜之上的五音不全的歌者，后者最多也只是作为“素材”存在，艺术家们伪造了一种情歌，取而代之。

除了艺术家的巧取豪夺，情歌的退场还根源于它在我们的生活中已不那么重要。这并非是指如今的人们已经不需要爱情，而是聪明的人类已经发明了许多新的招术，比起情歌，它们更加直接和快捷，尤其在讲求效率的当下，人们更是无法容忍情歌的拐弯抹角，求爱者通过报纸电视已经直截了当地亮出了自己的学历身高和财政状况，并对其虚拟的爱人提出了无微不至的考核标准，而网上谈情则因不需考虑后果而更加肆无忌惮。这样做的好处在于机会的无限化，无限发达的通讯手段带来的是无限的机会，每时每刻都会有一个新的应征者取代旧面孔，它可以成为一项永无止境的游戏旷日持久地进行下去，并且由于参与者的上不封顶而永远不可能挑选出一个绝对人选——这又导致机会无限化所带来的坏处，那就是机会的无限性无情地消解了每一个个体的价值，更不用说它对爱情的伤害。爱情在这种数字化生存中已经尊严尽失，它如同钻石被明码标价摆到拍卖会上，并且进入每个人有关得失的运算程序。不会再有人傻到为爱而死，不会再有人为几句粗砺的、带血的吼唱幸福得彻夜难眠。

媚　眼

女人与乐器成为许多绘画作品通用的题材。从某种意义上说，女人也是一种乐器，需要有乐感的手与之配合，她们会在手的各种动作中发出不同的声音。说女人是一种被动的性别并非缘于某种歧视，她们缺乏一种来自内部的力量，从来不会自己发声，但一旦发出声音，则会让手望尘莫及，哪怕那是一只天才的手。显然，手不能成为发声的工具，它必须借助于某种物体，更何况是有着一套共鸣系统的乐器。有的时候，不是手在弹奏音乐，而是音乐在操纵着手——是美妙的音乐令一只手迷醉，上下翻飞，欲罢不能。音乐是一件华丽耀眼的衣裳，而手不过是上面时隐时现的饰物而已。

夜如花的伤口　50cm×70cm_2012

触处似花开

刘达临教授在他的性博物馆里展示了一副古代木驴。作为淫乱者的刑具，它隐藏了自己的杀机，木鞍上那只木制阳具如公正的法官一样毫无表情，只有刑罚开始以后，它才在暗处释放全部的内功。被指有罪的女人赤裸骑在木驴上，她的痛苦与快感被公之于众。这是一次彻底的裸露，目的是让尊严无处藏身。

刑罚划出了行为的界限，同时显示了禁忌的威严，让所有人意识到脚下的红线而及时止步。但我们很容易发现其中的悖论，那就是这一刑罚在手段和目的上的结构性矛盾——它使受刑者蒙羞，却又成为性爱的变相广告。它成为禁欲时代里唯一得以公开上演的三级片，将性爱的全部快感无一遗漏发表在受刑者的脸上，供窥淫者堂而皇之地阅读。即使这种展示假以道德或者法律的名义，但是刑罚的设计者忽略了一个事实：作为人类本能的性爱，本身就是意识形态的天敌——多少色情小说都是以法制文学的名义传播的。于是，对性爱的这一封禁行动实际上已成为一次绝佳的性爱普及，它标明了越界者的风险，同时披露了边界另一侧的诱惑。

触处似花开　50cm×70cm_2003

双　唇

双唇是人体内最外露的腐败者，它们高高在上，把守着主要的关口，控制着许多重要的权力，比如吃喝拉撒中的前两项，还有以亲吻的形式进行的性接触，都在它们的管辖之列。有利的位置为它们赢得了实惠。更重要的，它们掌握着舆论工具，这使得它们拥有对行为的阐释权。双唇的至关重要在每一个人身上都有所体现，每个人都是它们的受益者，因而从来没人对身兼数职的双唇横加指责。我们看到双唇的时候，很少联想到它们所依靠的那个巨大而顽固的后台。

风叶敲窗　50cm×70cm_2002

听　笛

爱情暴露了语言的难堪。恋爱时的话语，诸如天气、身体、单位的工作、报纸上的新闻，无不显得无聊之极，恋爱时需要语言出场声援，但语言并未准备这样的功能，没有准备足够的词汇以供检选，因而任何措辞都显得鲁莽、尴尬和不合时宜。人们把恋爱中的人们的话语称为“傻话”，就是这个原因。语言在最需要它的地方怯场和逃逸了。可以以语言大师为例——弗洛伊德（对未婚妻）说：“唯一使我感到痛苦的事情就是无法向你证明我的爱情。”（《书信集》）罗兰·巴特说：“爱情无法在我的写作里面安身。”（《一个解构主义的文本》）

语言并非无所不能，它的边际已经清晰展现，而音乐的疆域则广阔得多。语言试图具体，试图对每个信息都精确定位，它的野心同时也是它的极限；而音乐则从不讳言自已的模糊性和游动性，它从不要求为事物命名，却将一切纳入自己的版图。因而，每当失语的时候，都是音乐介入的最佳时机，那些通过笛声添补语言空白的恋人，都有类似的体会。

浓睡觉来莺乱语　50cm×70cm_2006

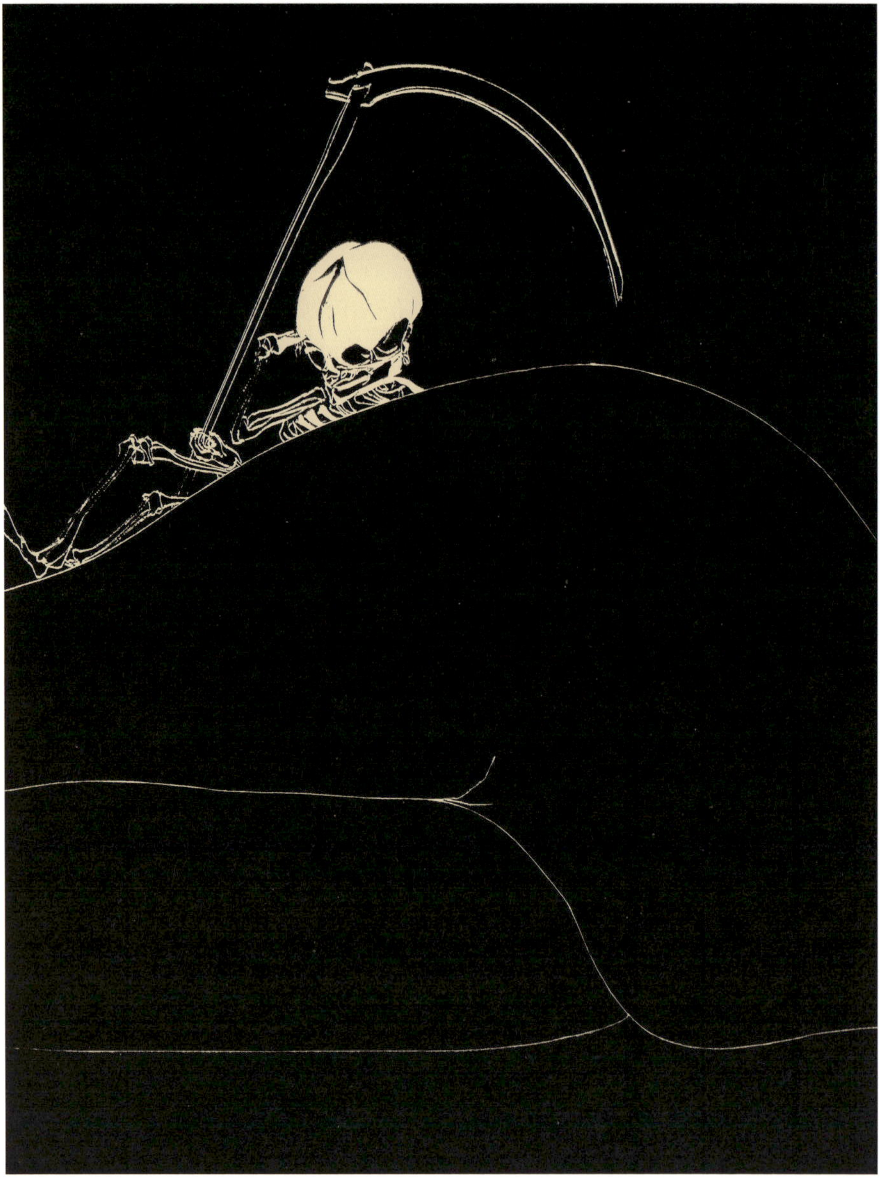

凡·高之九

据说梦早就存在了，一直辨识着它内定的主人。那么，在现实中无处藏身的凡·高，却成为梦的避难所。梦蜂拥而至，在他身边出没。如同一群仆役，骗取了国王的信任，梦，成为这个可怜人最忠实的对话者。

梦从不给人安排确定的结局。它们从不粉饰、遮掩，所以梦经常不受到人的欢迎，甚至将它们当成不祥之物、当成地下的鬼魂。人们或者把它们锁在封闭的道路上，不准它们偷越夜晚的边境，或者努力将它们遗忘。而凡·高从不拒绝它们的来访，从不让它们像孤魂野鬼落泊于街头，从不把它们丢弃在那只油污的废料箱里。作为回报，梦为他带来了由未来发来的信件，使他开启由明天的阳光烙下的神秘的封印。

无题　22cm×28cm_2011

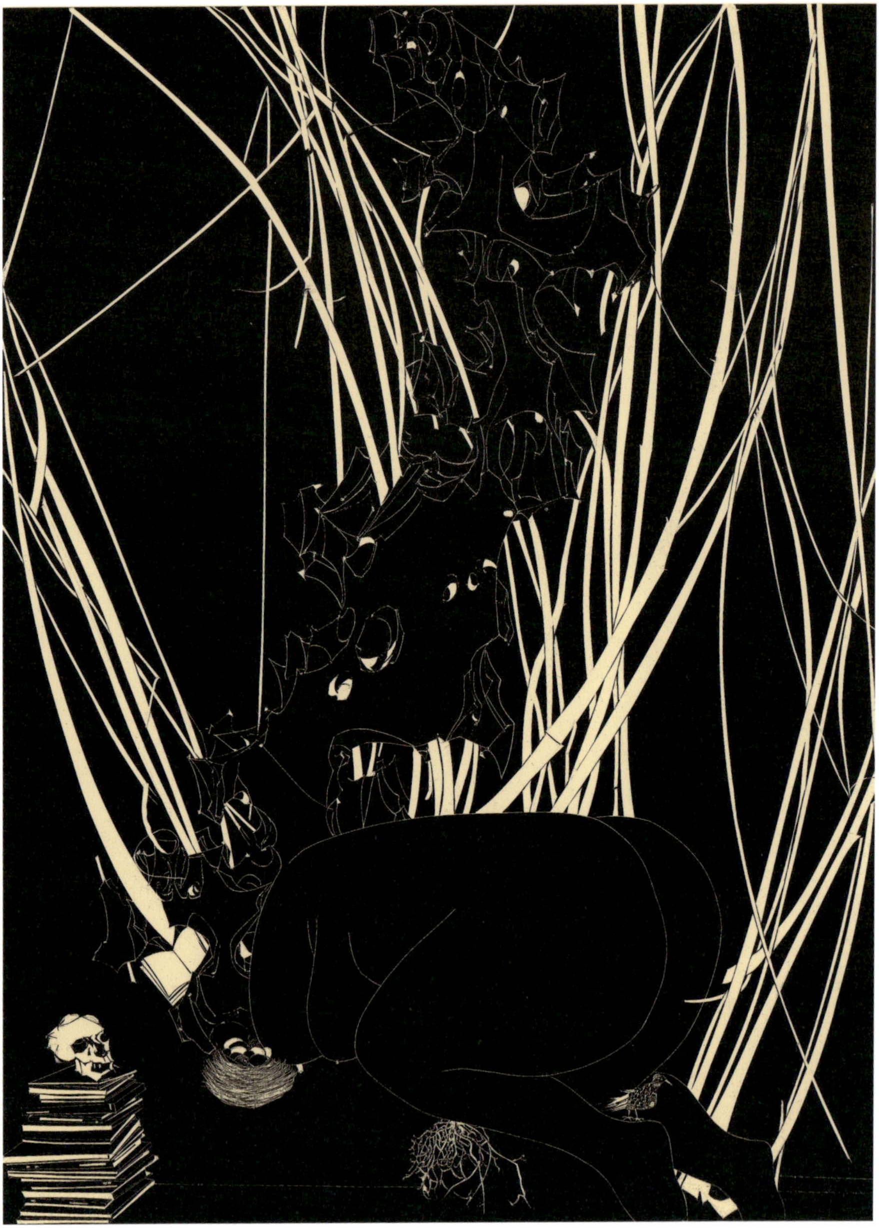

残 夜

有人把死亡形容成黑色，我想这也许与夜晚给我们的印象有关。夜晚挡住我们的去路，犹如死亡规定了我们的极限。在体验到死亡之前，人们把睡眠当作对死亡的预演。这是一项没有危险的实验，睡眠中不仅有美妙的梦境，而且可以随时醒来。不知这个游戏是否可以缓解我们对于死亡的恐惧，是否可以让我们预见到死亡之后的场景——也许还会有另一种苏醒，出现在意想不到的地方。黑夜为生命画出无数个相等的单元，死亡同样如此，它们都只不过是生命的计量单位而已。也就是说，对个人而言，死亡仅仅是一个单元的结束，而不意味着一切事物的终结，那些还没做完的事情，在死后，还会有充分的时间，继续做下去。

野风　53cm×75cm_2017

霜夜里的惊醒

最大的失望在于——

你只能醒来一次

霜夜里的惊醒　38cm×48cm_1992

后 院

后院的形态各异，但它们都有一个共同点，那就是私密性。无论一座后花园如何奢侈考究，它都是为个人配备的，绝对非请莫入。后院可能模拟公共空间的程式，预备众多的席位，但那里历来都是人迹罕至之地。

后院与前院的生活迥然相异，这种差别是因为后院生活的不被“观看”决定的。任何一个人，在被观看和不被观看的情况下，状态截然不同，而后院，刚好为人设计了一个躲避观看的空间。后院谢绝了多余的眼睛，后院中断了个人与群体的联系，后院维持了一个人最纯净的部分，从前院到后院，一个人可以变成另一个人。

后院具有不同的个性，它常取决于主人的个性。也就是说，后院与主人理应是一一对应的。后院是一个人能够建立的最小的王国，这里足够发起任何不为人所知的小小政变。

小桥流水，曲径通幽，后院的悖论在于它的可观性与对观看的拒绝。这使得后院这个词语变得复杂、尖锐和暧昧。后院的私密性更加增强了它的可观赏性，后院也常因此而遭受厄运——不是拆除，而是变成展品，观赏者冠冕堂皇又心怀叵测，他们贪婪而杂沓的步伐把后院踩踏得支离破碎。

梅弄　35cm×50cm_1998

箫声断处

这幅画让我们去寻找消失了的箫声，却回避了另外一个问题——箫声是否存在？它是否纯属虚构，或者弹琴人的幻听？没有人能够为箫声提供证明，即使她的听觉完全属实。声音拒绝复述，它对所有录音设备表示抗议，被复述的声音其实已经不是声音本身。声音是时间的注脚，它记录了时间的所有动作，因而它篇幅浩大，一个乐章连着一个乐章，对它进行回放和剪辑都是不可能的事情。不可能有一种容器能够巨大到装下所有的声音，更无从搜索和摘取声音的片断。时间是技术的敌人，物质不灭定律在声音面前更无用武之地。所有的回忆都是不可靠的，它们更多地受到了情感和想象的迷惑。从某种意义上说，声音就是用来消失的，在这一点上，它与生命保持了同一性。箫声如果不是出于想象，最多只是我们与声音在各自消失的途中一次意外的邂逅。

箫声断处　35cm×55cm_1989

凡·高之十

凡·高死去之后，他的梦附着在冷冰川冰冷的赃物上，阴魂不散。所以，在色彩被省略以后，我们依然能够嗅出他的味道。冷冰川是一个严格职业道德的好小偷，他偷来别人眼中的垃圾，也就是在主人死去之后无处寄生的色彩与梦想，并在日后将他获得的东西以百倍归还。我想凡·高会赞赏他的行为，如果凡·高还活着，面对这位陌生的中国青年，会毫不吝惜地馈赠他所珍爱的。

纸鸢 70cm×50cm_2012—2013

P 008
凡·高
38cm×50cm_1996

P 010
流霞
50cm×70cm_2004

P 012
惊蛰
45cm×48cm_1997

P 014
冷山
78cm×49cm_2018

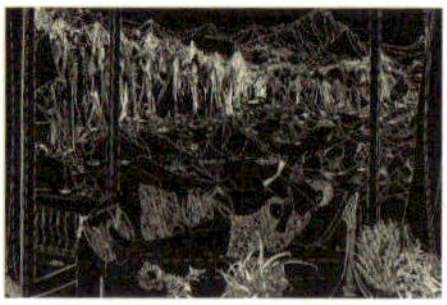

P 018
万卷如雪
70cm×50cm_2012

P 022
凡·高
38cm×50cm_1996

P 024
闲花房之冬
42cm×30cm_1989

P 026
让闲花先开
25cm×18cm_2005

P 028
净土无敌
50cm×70cm_2012

P 030
凡·高
38cm×50cm_1996

P 032

最后的罂粟

50cm×70cm_1999—2001

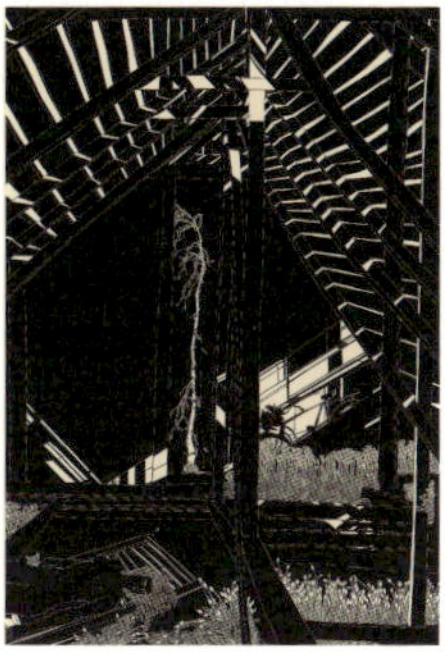

P 034

醉斜阳

50cm×70cm_2004

P 036

丰色

45cm×50cm_2003

P 038

琴心三叠

35cm×50cm_2002

P 040

依秋千

26cm×38cm_1987

P 042

凡·高

38cm×50cm_1996

P 044

夜如花的伤口

38cm×50cm_1996

P 046

问菊

50cm×70cm_2012

P 048

唐宋之间

38cm×50cm_2000

P 050

伤花

36cm×25cm_2012

P 052

花底一声莺

35cm×50cm_2003

P 054

野种（局部）

150cm×26cm_2017

P 056

野种（局部）

150cm×26cm_2017

P 058

耳语

35cm×50cm_2002

P 060

鸟儿乖乖

38cm×50cm_1998

P 062

白秋

50cm×70cm_2004

P 064

千灵显

50cm×70cm_2012

P 066

冷香

38cm×50cm_1996

P 068

细雨鱼儿出

50cm×70cm_2006

P 070
雨蕉
38cm×50cm_1997

P 072
静物
28cm×20cm_2011

P 074
踏歌
50cm×70cm_2002

P 076
凡·高
70cm×50cm_2015

P 078
远雷
50cm×70cm_2002

P 080
触处似花开
70cm×50cm_2003

P 082
残夜
38cm×50cm_1996

P 084
死船
38cm×50cm_1996

P 086
一千哢
70cm×50cm_2010

P 088

星月

35cm×50cm_1999

P 090

无题

22cm×28cm_2012

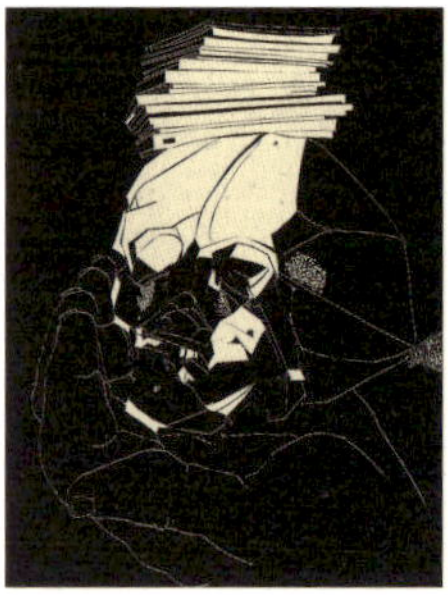

P 092

睡蛇

50cm×38cm_2001

P 094

夜如花的伤口

70cm×50cm_2011

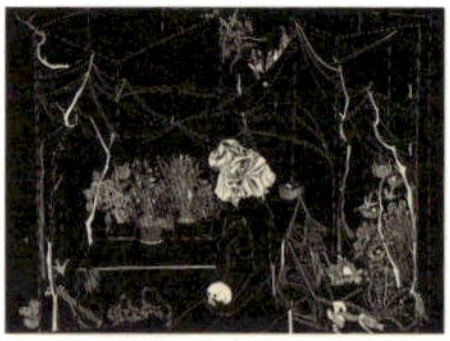

P 096

清尘

70cm×50cm_2010

P 098

晚妆

38cm×50cm_1994

P 100

美人计

35cm×50cm_2007

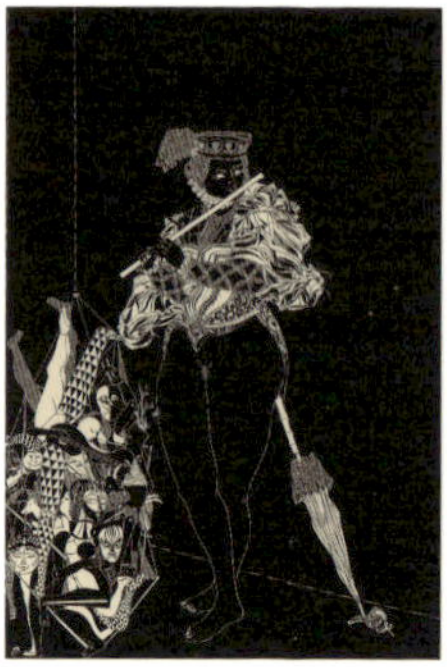

P 102

菩提子

45cm×35cm_2003

P 106

夜如花的伤口

50cm×70cm_2012

P 108

触处似花开

50cm×70cm_2003

P 110

风叶敲窗

50cm×70cm_2002

P 112

浓睡觉来莺乱语

50cm×70cm_2006

P 114

无题

22cm×28cm_2011

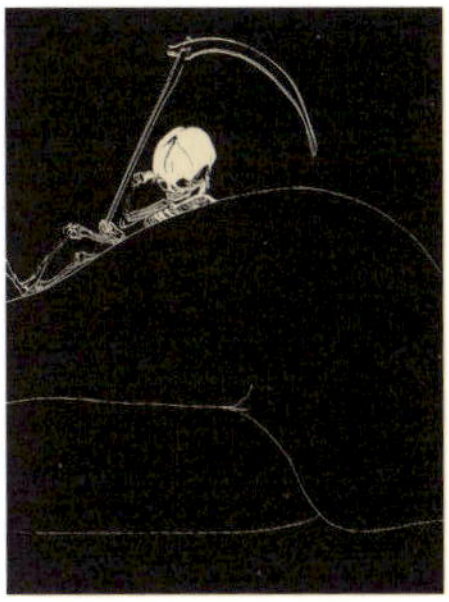

P 116

野风

53cm×75cm_2017

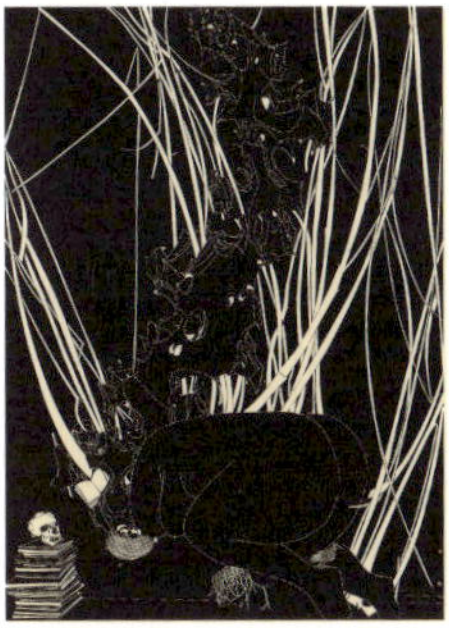

P 118

霜夜里的惊醒

38cm×48cm_1992

P 120

梅弄

35cm×50cm_1998

P 122

箫声断处

35cm×55cm_1989

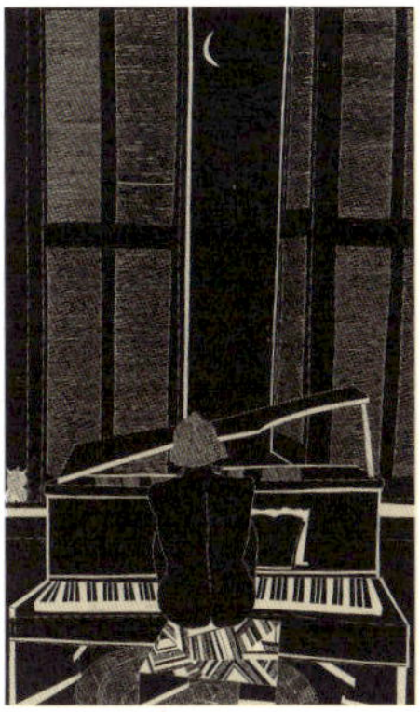

P 124

纸鸢

70cm×50cm_2012—2013

跋

我们都为创作生活说着无与伦比的谎话　　冷冰川

几年前，当我和祝勇在某个无不良印记的春夜聊到这本“情色”读本的时候，我就猜到祝勇无论怎样用他的力量，都写不到那个流水落花的地方。果然，祝勇只写到他的矜持就“不爱真理了”。

祝勇是个严肃的人。他从不在自己的生活里找灵感，他似乎是离人群很远，但他的所思所想却离人越来越近——我也不在自己的生活里找灵感，但我直接从生活里冒名顶替，刻画得越真诚无聊，越让我知道真心的重量（能在无聊的时间中获得乐趣，就不是浪费）。所以我的无聊繁复、作乱、执拗——但它的抚慰真诚，有心有信有语法，没有毒素。其实我与画中的人都没有什么享乐，“我”和“她”只是无聊地展示一下自然自由的个人造型，一种素朴草就的性命自己写完就行。一切不过是“人”性情中的即兴之作。但它的妙处，在于这种不着边际的对自由和情色的心花顿发的机锋唱答——好诗都是这一瞬间的（当人说着瞬思的单纯，经常是想找借口让自己可以不用再去想它，因为我们无法理解真实的单纯和单纯的鞭打。十步之外你就听不到人诚实的话语了）。事实上，祝勇真情用心用实的文字也常常唤着我们匆匆的自由、醉意、滋味。我们都因为单纯、生活说着无与伦比的谎话。

祝勇是个明白人。他的深省与惊醒，冰冷又敏感，很适合他文字里叛变的气质——我也像个明理的人，但创作中我不想讲理，我随心性表达——不承前，也无心越过什么东西；不想世俗的见识，也不用理性判分；生活、创作都是个骗子。就像我们都幻想以独有的方式编排或越过生活、欲望，我们有无数的花式但没有真诚。我们只能徒劳地用大雪大雪大雪，扫扫赤裸苍白的虚火，不停地接近“热情”的灾难（热情，说着独有灼热、重量）。创作就是这般无聊，直到——值得。

祝勇笔下的分寸和他的身体的分寸是平实典雅的，从没有怪诞的表情。他明晰思辨，简明直接，像老刀手——我也像个刀手，一刀刀地蛮荒和沉重不动的美人……不，我不是成熟的刀手，从来不能成熟，那样会高出我的位置。看祝勇的文字，我们像遇见一个一个风光孤冷的陌生的行程，在酒火连绵的历史戏台上有他足够支付的风骚、锣鼓、坦诚和隐衷，也有他赤身的雪光、轻雷和独孤的中年；祝勇凭借与时不同的细节、光线和心跳建立了他与人与历史的渊源、辽阔、酒力和独来独往的唱腔。我们要说的都是森林一样的静默和渊深。

祝勇还是个有文字洁癖的人，从他干净的文字里见着他清洁沉思的影子。实际上，很难准确地评说他的鲜活的文字，也难三言两语说清他作品里的庄重沉着的声音——他用文字筑了一座一座的城、一些历史渊深的“决定性的瞬间”，用灵性智的习惯深度解释了思考中漫无边际的历史账单和自己——这些矜持的声响轻声细语地调校感动着我们孤独的属相、记忆、荒路，像深深地在我们心里埋下的诗句。埋下了，就是栽种的意思。

2003.11

序

内景和远景

洁尘

几年前，买冷冰川的版画集《闲花房》，着实迷恋他在黑白之间用精致的线条构筑出来的画面。这些画面是这样一些基本元素：女人体、植物、窗、内景，然后是一些远景。从选材上讲，似有单调之嫌，不过我从来以为风格的形成是需要一定程度的重复的。重复即是巩固。而事实上，这些重复叠加起来，窖藏出了另外一种味道，从单幅作品上那种明显的情色意味和官能化倾向中，衍生出一种内省的、精神化的气息。

这种阅读感受在冷冰川后来寄赠给我的《纵情之痛》《触处似花开》等其他作品集中得到加强。我佩服他在一个点上无限深入下去的勇气和灵气，同时，我也看到了一个艺术家在题材选择上的坚韧和固执。另外，我体会到了一个男性对女性这个群体温暖的情感。这一点作为女性读者是非常要紧的。

没有想到后来能有这样一次合作机会。感谢冷冰川先生、这套书的策划人之一以及另一个写作者祝勇先生、三联书店汪家明先生，感谢他们认同我的文字，并认为我和冷冰川之间会有一种图文互动的可能性。基于多年来对冷冰川作品的喜爱，这部书稿的写作让我很是惶惑和不安，我曾经对一个朋友说，冷先生的画太对得起我了，不知道我的文字能不能对得起他？

这次的写作我是有意识地在文字与绘画之间造成一定的间离效果。我没有写成配文，其实，如果写成配文的话，这活儿相对来说要轻松一点，毕竟冷冰川的画给我的触点要更直接一些。但是，我也深知一个道理，贴身紧逼绘画作品的结果是非常不妙的，而且，妄图将画面语言转化成文字语言的企

图也是不可能得逞的。于是，我稍微站开一点，把这次的写作当成一个女人的情感私语汇集，而冷冰川的画，将这些私语一次次定格。在想象中，这是这样的一个女人：深爱一个人，却不得爱的要领。这也是一次内景和远景的交集，内景是女人的内心，无助且笨拙；远景是模糊、迷离的爱情轮廓。

把五十篇短语用一个词汇来归纳，就是这本书的书名《遁词》。都是些遁词。所有的振振有词都是可疑的，都是贫弱的，都是一种无能的表现。这是女人普遍的情感困境，也是我近年来特别关注的一个写作主题：『女性生态』的一个部分。

我在这本书里写下了一句话：『所有的恩怨是语言之间的恩怨。』我把恩怨归罪于语言，就像我把这些短语的情绪归纳成词汇，都是一种逃脱的方式。面对冷冰川的画，很多时候我都有一种想要逃脱的念头——他是那么的敏感和痛楚，在温存之下有一种无比尖锐和强硬的东西，让人又亲近又害怕。诚如陈丹青写下的冷冰川：『……当我们窥探冷冰川黑白版画系列中的这位女主角，多少是涉嫌并引发了轻微的色情：在那片旖旎的风景里，真的藏着一位女孩么？她其实只是一个斑点，一小块构图的需要，是线条交会时的婉转错让因而形成的错觉，是协调疏密关系的权宜之计，是作者的一步棋。当我们在黑白阵地中一再找到她的裸体，认出她，同时便认出那分明是纵横纠结肆意刻划的刀痕，是这累累刀痕……』

需要另外说的是，冷冰川是南方的，他的作品被南方的潮湿、茂密、鲜艳和复杂所覆盖，同时，他以黑和白这两种最单纯也最深刻的色彩覆盖了南方。我是南方人，在这种双重覆盖下，我有太多秘而不宜的泪意和微笑。

二〇〇四年七月六日于成都华阳府河音乐花园

朗读者　78cm×50cm_2019

暗伤

她撞上了这个词。对，就是这个词，她想要说的和不想说的，就是这个词——暗伤。

伤口在哪里？不知道。她想找到这个问题的答案。找不到。她倒在葵花之下……她是多么喜欢葵花这两个字写出来的那种味道啊。没有用。

她找不到伤口。她踮起脚，把光光的脚趾尖钉在冰冷的地上；她注视自己丰腴的骨盆；她把手使劲地背在椅子背后，非常使劲，像不是自手臂那么使劲，都把自己弄疼了……她几乎用了她能想到的所有的看上去比较别致但不失体面的动作，还是没有用，她还是找不到伤口。

没有伤口，那就没有受伤。她在街角处遇到的第一个人这么对她说。

于是，她再也不告诉别人自己受伤了。有时候，她自己也很怀疑，如果我真的受伤了，为什么找不到伤口？

但是，她疼。疼是真的。

她问在街角处遇到的第二个人和第三个人，疼和痛有区别吗？第二个人说，有。第三个人说，没有。

她学会了这种考虑问题的方式。于是，她在中午对自己说：我爱？在黄昏对自己说：我不爱？半夜醒来她对自己说：我爱？我不爱？

比喻

谷雨 35cm×50cm_1989—1990

比喻很多时候存在于同一个事物的内部。

同样是水，一个人说，『仿佛水消失在水中』，另一个人说：『用水挡开水。』

水可以自己淹没自己，水也可以自己搭救自己。

水是可以自己比喻自己的。

她明白了这一点，豁然开朗。她终于从他的面前绕到了他的背后，而他，没有发觉。

常识

常识里有什么？

至少有一句：『树怕剥皮，人怕伤心。』

为爱自己的人报以轻微而伤感的歉意，然后，迷失在对自己爱的人的浓烈且绝望的投入中。

终于不谈论爱情，这是一个女人成长的过程。

终于懂得爱情，这是一个女人成长的结果。

快乐唾手可得，幸福遥不可及。

这都是常识啊。

当女人还小的时候，爱情简单易行；而现在，女人还没有老，阅历和经验都处于最佳状态，既成熟又充满活力，女人觉得自己甚至可以把握整个世界，但却发现，她们把握不了自己的内心，爱情对于她们来说，已经成为一项无法胜任的工作、无法完成的任务和无法解决的难题。

于是，女人说话、写字，说很多很多的话，写很多很多的字，与这个世界，沟通于文字、语言，隔绝于相互的内心。

疫典 41cm×55cm_2020

谶语

她很难明白自己的神情。对着镜子看，她会想，别人看着这样的神情，会明白什么呢？

于是，在很长的一段时间里，她信任语言胜过信任神情。

到她发现，语言不可信任，犹如神情不可信任的时候，已经有点晚了。

她的问题是永远不愿意让人当场窘迫。她的问题是她的亲切，或者说，故作亲切。哪怕心里已经结冰，但在当场，她还是尽量保持温暖的面容。另外一个问题是，常常是她还没有反应过来时，冰已经融化。

亲切，这是她在尖锐犀利的青春期过后给自己的规定，但是，到了现在，在步向中年的路途中，她发现，这一切都是不对的，她成了一个误解。

柿子找软的捏，女人找硬的伤。

她捏捏自己的身体，肌肤柔软，但里面骨头很硬。

她想，她总是应验了以前的一句谶语。可是，这句谶语是什么呢？

卷帘睡起 50cm×70cm_2003

成全

南窗　38cm×50cm_2000

人们，在被烘烤着。有人的火来自他人，她的火来自她的内心。白昼比夜寂寞，比夜宁静，比夜甜蜜、谦卑。

夜来了，她便蠢蠢欲动，以为自己可以改变什么。

于是，她命令自己，入夜即闭嘴。

入夜即捕鱼。捕与被捕。她热爱不为自己辩解的人。

她也努力做到不为自己辩解。

她要让自己成为一个有缺陷的人。她深信一个具有缺陷的人往往别有一种力量。

关键是，她成功地在敏感和自尊的结合中发现了有趣的东西。她有时想，很可能是一种美学上的错误损害了她，但是，另一种可能性是，这个错误成全了她。

从容

冷冰川这样说：『深情无药可救，所以只有越爱越深。』

『箫声断处』，箫声断处，没有呜咽，只有轻轻的笑声；太轻了，几乎像一种叹息。

她终于放下。

她随时可以拿起。

中午拿起，黄昏放下。

夜晚拿起，清晨又拿起，她想，下一个清晨放下。

下一个清晨她果然放下。

她怎么会不骄傲？怎么会不轻轻地笑？她找到了断处，并找到了连结的方式，在箫声里，在爱情里，在生命里。

醉东风　50cm×70cm_2003

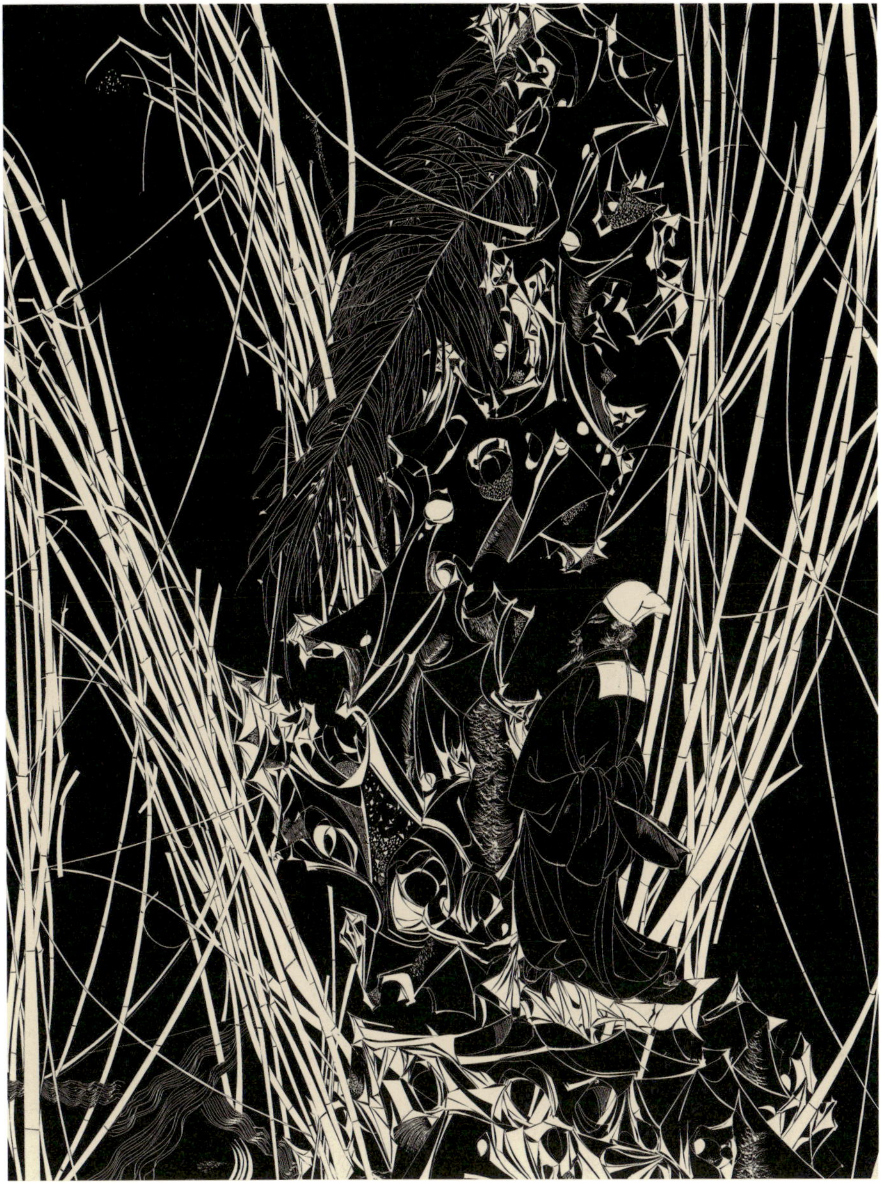

脆弱

脆弱是一种可能性，看世间繁茂，无不是从脆弱开始。
脆弱是长久沉默之后的表白。
脆弱是终于说爱他。
脆弱是终于说爱他还不如不说。
脆弱是不悔。
脆弱是不悔中的悔意。
脆弱是悔意中的不悔。
脆弱是破壳而出。
脆弱是终于，终于，终于——独自开放。

野竹　60cm×79cm_2017

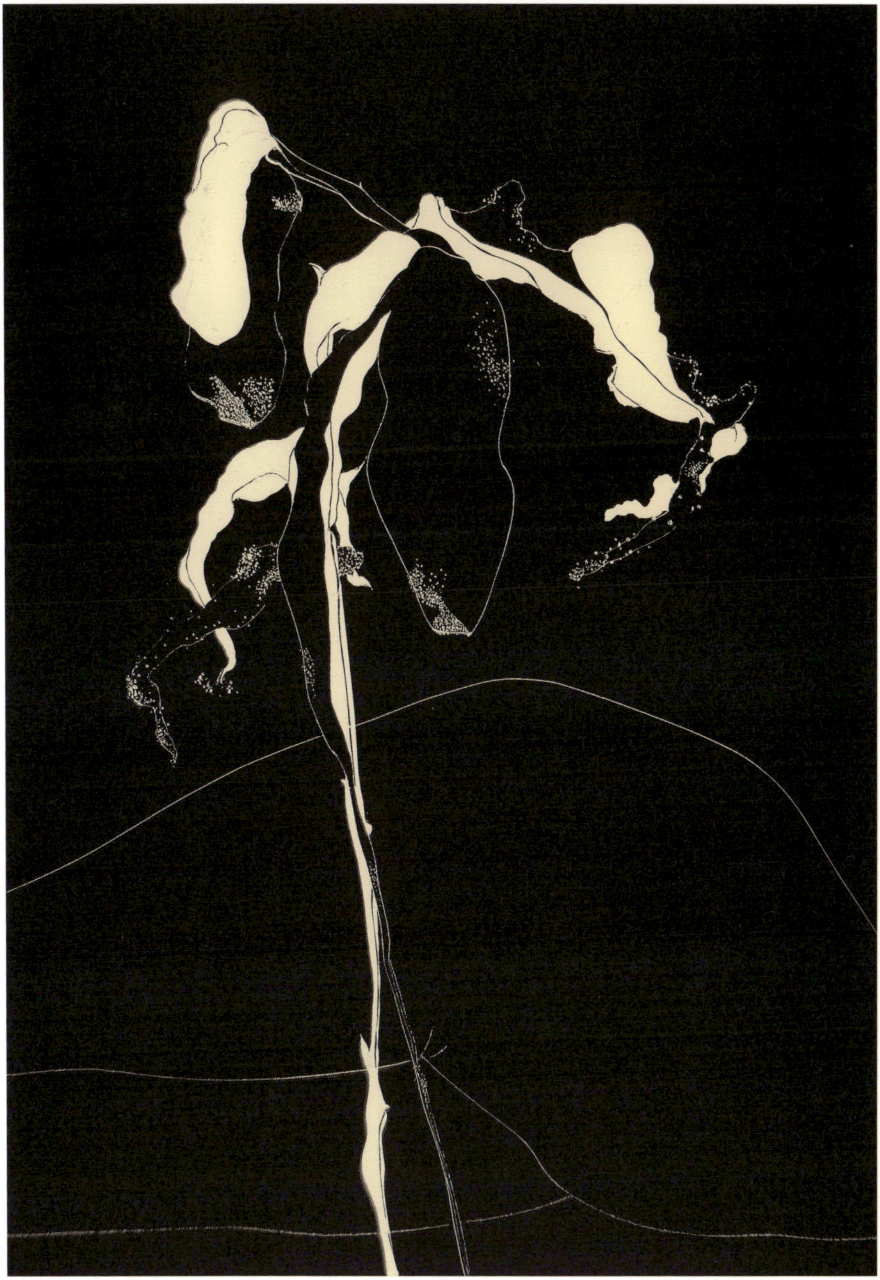

跌落

伤花　22cm×28cm_2011

桃的形态宜于思慕。

往深处走的思慕，单纯地只剩下一个形态：她的底部是大的，厚的，用以持久地要求；她的顶部是尖的，有些微的冷淡和刁俏，用以破除持久之后必然而至的笨拙和麻木。而她的整体是圆润的，没有棱角的；她在光线中纤毫毕现，肉感的，也是贞洁的；在暗处，她被抚摸，她让那只手感觉良好，但她绝不犯过分光滑的错误。

思慕走到这个地步，分明就是桃，分明就是危险。思慕荡漾在思慕的中心，无所依靠。而思慕走到这个地步，显然是成功的。

桃易于破碎。桃果然破碎。一滴桃汁沿着一个平面的边缘，准备跌落。她准备好了，如此动静细微的准备，已经耗尽了她储存了一生的热情。她被挤出，被一只她爱慕的手挤出，然后，她准备扑向地面。

她希望地面是一块青石砖墁，那粗砺正好承接她的柔和；但她很怕地面其实是一张地毯。她从来没有准备让自己成为一个污渍。更多的时候，她想清脆地跌落下去，但她不知道什么质地的地面能实现清脆的希望。

如果她的希望再美妙一点，她允许自己在跌落的过程中，再一次触碰到那只将她挤出的手。至于是想触碰这只手，还是想触碰跟这只手属于同一个身体的舌尖，她想，还是选前者吧。手，似乎要客观一点吧。

她已经滑出了平面的边缘，那一瞬间，她突然觉得还是想去触碰那舌尖，肉感的，贞洁的，是沉默不语的一个组成部分。她突然喊道：我改主意了！

晚了，她跌落下去了。最后一眼，她看到平面上她那破碎的身体，那些原本娇嫩的桃皮，那些甜蜜而忧伤的果肉，那些她曾经与之血肉相连的一切。她其实跌落于跌落到地面之前的最后一刻。

遁词

虚弱的感觉又一次涌了上来，跟情欲涌上来的速度和力度是一样。相反的是方向。虚弱朝上走，抵达心脏。情欲往下走，堆积在小腹下方。

她把头深深地埋进自己的身体里。那种姿态像一个瑜珈高手。体内的温热进入鼻孔，她嗅到的却是孤寒的气味。这一刻，她从来没有觉得自己的灵魂跟身体隔得那么远，那么远，简直就是在诠释永远这个词。

永远？多么令人厌恶的词汇。这是人类的遁词。这也是她的遁词。

世间的著名遁词还有：献身、快乐、幸福、悲伤、痛苦……

不是遁词的是郁闷、无奈。

还有一个最到位的词：自私。

她的虚弱来自她的自私。

但是，自私也很辛苦。

进入遁词和脱离遁词，一样的辛苦。

故事

有的人，他（她）的生日会被牢牢记住。他（她）或者参与了过往的青春，或者见证了从前的故事。很多年后，一定会遇到另外一个同一天生日的人。诡异的是，同一天生日的前一位若是个男人，后面这位一定就是一个女人；或者相反。于是，像一场诡异的雌雄转化，一定可以从后者身上看到前者的印记，像携带着的密码被识破。

她夜宴归来，她魂不守舍，她颓然瘫倒不能自拔。

她本来已经忘记了那个其实一直没有忘记的生日；这个夜晚，她重新遭遇，却仿佛是同一个人，同样的生日、笑容、鬓角柔软、说话不做手势、把烟叼在右嘴角以及在烟雾中微微虚眼微微坏笑的神态。唯一不同的是，他年轻。

他甚至说：我是复姓。

不会是司徒吧？

是司徒。

前一个司徒已经死了十年了。后一个司徒从天而降。他甚至说：我觉得你面熟。

她夺路而逃，完全忘记了自己曾经那么渴望司徒归来。

她躺在家里的地板上，半昏迷状态中，听门铃被揿响……

闲夏无题　60cm×80cm_2015

双人 78cm×55cm_2019

规避

断弦　尺寸不详_2003

情感，缓冲，保护。

情感其实就是规避。规避就能得到缓冲，得到保护。

她退一步，让所有的冲突不在现场发生。她懂得将一切反应滞后处理的好处。这几乎是她惟一变得聪明的地方。

她在文学艺术的世界里贴得太近，紧逼，质疑，追问，破裂，分离，毁败，然后心灵不知所终。在现实的世界里，她退一步，再退一步，像一种妥协，也像一种求和；她相信这其中的质地是明净、温暖和绵密的；她相信这样的质地是有力的。

她是不想给自己遗憾的机会。

人生什么都不容易，但遗憾太容易了。

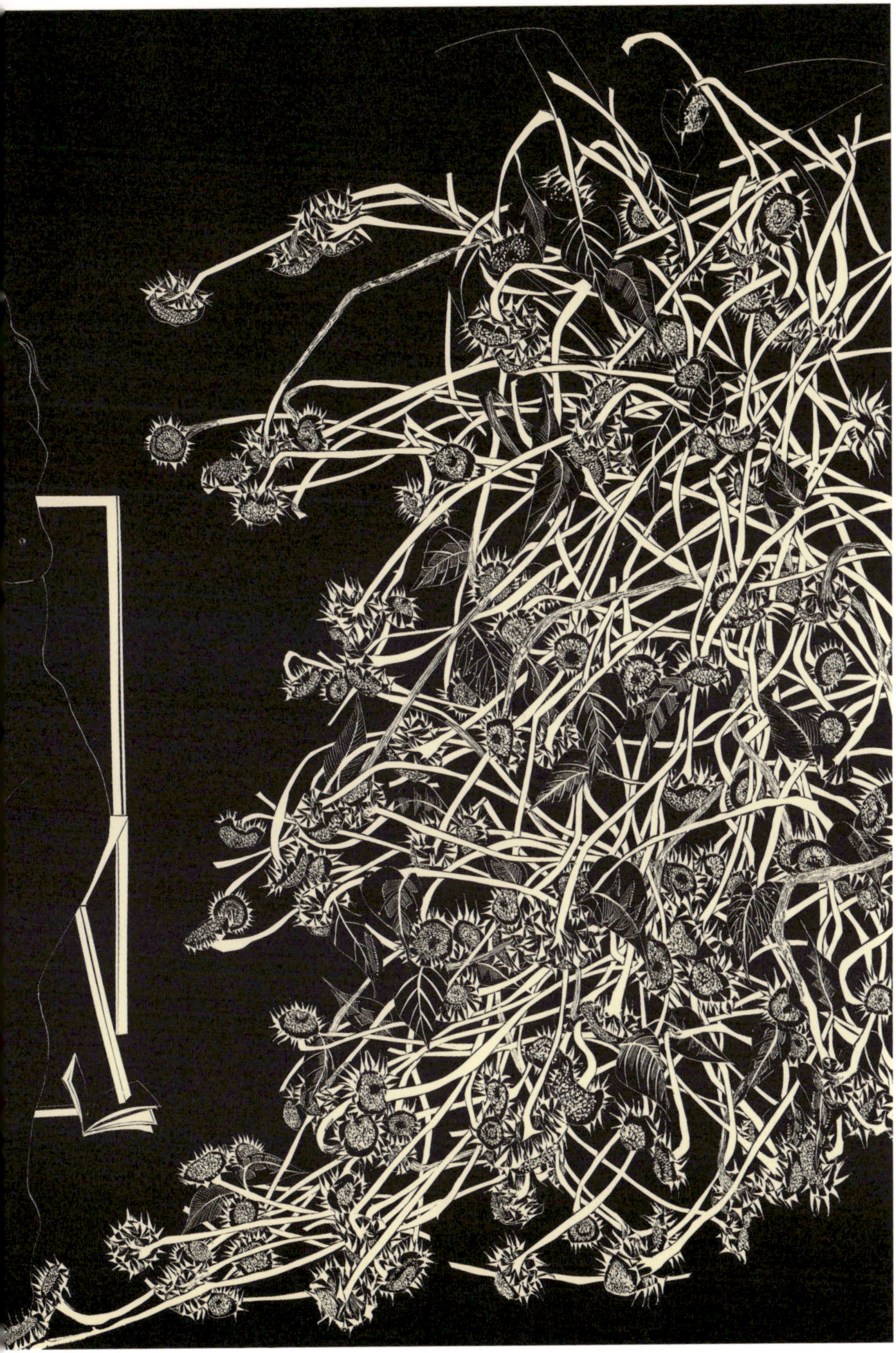

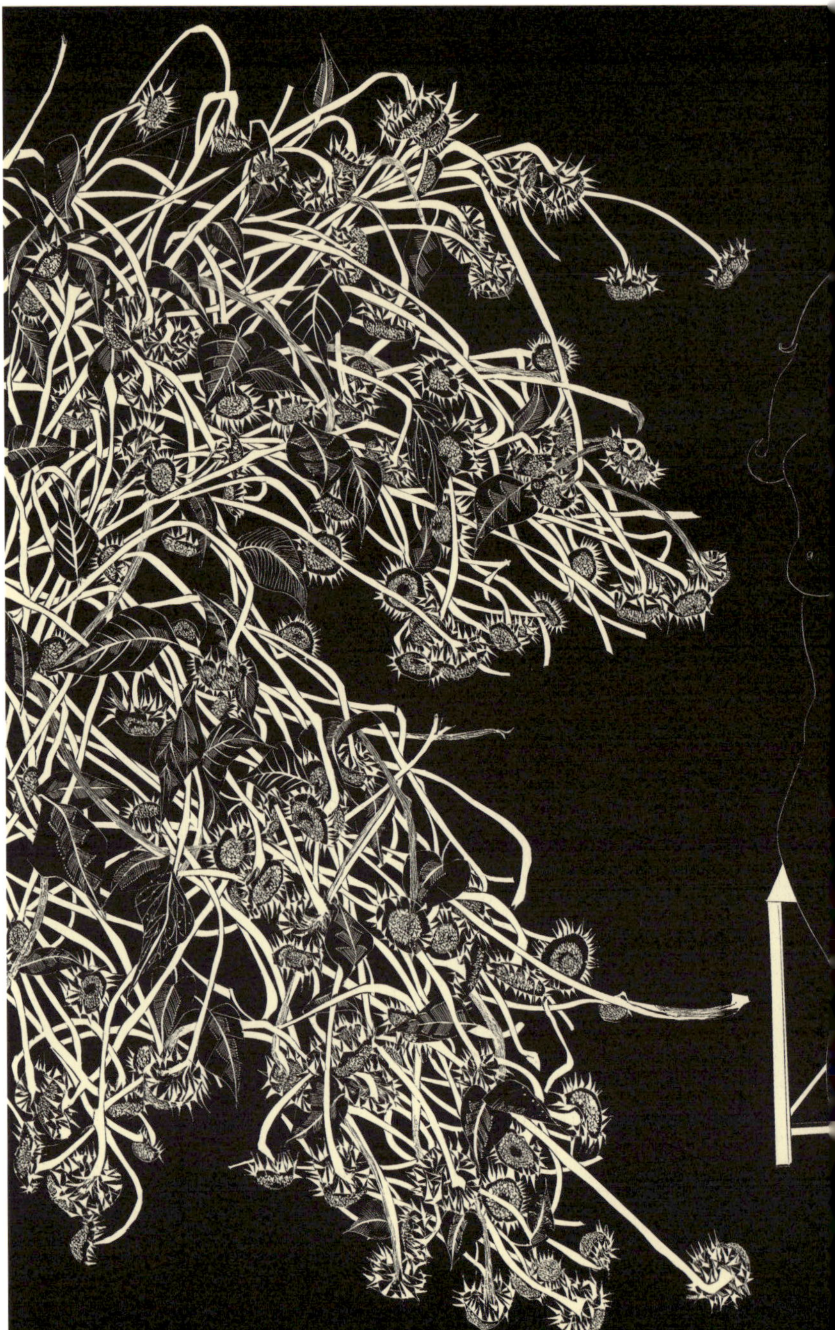

夜如花的伤口　70cm×50cm_2012

过分

麻烦的不是理性和非理性的碰撞。
麻烦的是两个人各自的非理性碰撞到一起。
解除麻烦的方法是适度的过分。
她这样想着，却不明白把自己的道理到底想通没有。
但，首先明白的一点是，所有的恩怨是语言之间的恩怨。

还原

荷兰　51cm×75cm_2017

『……单根的织线在整幅织物中消失不见了，个人的东西通过内旋的形式公之于众，其内旋的程度使得它无法被人看出，也无法再次还原为个人的东西。』

这可以说是关于公布与还原两者关系的最好的一个表述。表述者是宇文所安。

公布是危险的，但隐蔽也是危险的，前者是外在的然后作用于内在的危险，后者是内在的然后向外在蔓延的危险。哪一种危险更大？

或者这样说吧。内视危险吗？越来越内视，越来越危险吗？那么，朝外看，竭力让自己的视野越来越远，那么会不会因越来越辽阔也越来越稀疏？哪一种方式能保持生命质地的紧密和芬芳？

不知道啊。

有了宇文所安这样的表述，她关于公布的迟疑多少被打消了，她还从中获得了极大的安全感。

同时，她也无法还原了。

这叫做代价。

付出这样的代价，她是悲哀，还是喜悦？

嫉妒

很多年后，她会嫉妒现在的自己吧。

她不相信永远，她相信的是一切都会消失，再湿润的一切都会被岁月风干。

她的内心会被风干的，她会彻底地坚硬起来，内心再也没有孔穴、苔藓、汩汩流淌的暗河。她的地貌将会被彻底改变，再也不会如此幽微潮湿。想到总有一天，她自己再也不会这样爱一个人，她在内心喊道：我的天啦！

于是，她用力地嫉妒现在的自己。她非常用力。为的是有一天，她在被风干之前，能够心如止水地接受自己。

月背　45cm×70cm_2007

踱蝶　70cm×50cm_2012

艰难

一切突然变得好艰难。在一瞬间。在这一瞬间之前，她总以为是可以克服的；当然，她也没有想到，一瞬间之后，她会全然放弃。

艰难总是在瞬间发生的。看他一眼，微笑着；又抬起头来，不看他，继续微笑……

太艰难了。可是为什么？怎么会这样？

为什么和怎么会这样，在此刻是不重要的。

重要的是，『要如何道出一种难以捉摸的不适？』（福楼拜语）

对，应该用不适这个词。

她携带上不适这个词，努力丢掉所有不适的感觉，穿过拥挤的街道，一直走进夜里；这仿佛像是穿越以往所有爱恋的时光。她的影子在阳光下斜着，然后躲在灯光的后面，她都没有去看。她完全不能判断自己除了不适之外，还有其他什么感觉；她甚至想，如果连不适也感觉不到，那会不会是一种很奇怪甚至也可以说是蛮美妙的境地？

关键是，她还是觉得艰难，并不是不适，这中间的差别犹如病了和不舒服。她想，以往经常不舒服，这一回，终于病了。

拒绝

秋风落月　30cm×45cm_1987

在夜里的房间待的时间越长，受人邀请外出的机会就越大，于是，拒绝的机会就越多。要是没有什么可拒绝的，人生多么乏味。

但是，她没有机会拒绝他，因为他从不邀请。

他从不给她拒绝的机会。

他看透了她。

正是因为被他看透，她臣服于他，如同臣服于夜。

因为臣服，她和他的故事被固定在一个世界的顶点，降不下来；又离另一个世界的底端差了一点点，升不上去。这样的一种阻隔，如同看到了动人又伤人的阳光但无法描述，被笼罩、被迷惑、被伤害，又被笼罩、迷惑和伤害滋养着。

这是一种古怪，被她遭遇。她无法拒绝。

剧痛

剧痛在人群中更剧，更痛。

她盯着人群缝隙的一个杯子看，脸上带着笑；旁边人讲的话，像一把沙子一样从她耳边掷过去，一粒也没有碰到她。

她看出去的夜，深蓝；她看出去的夜，漆黑；她看出去的夜，绯红；终于，她看出去的夜，透明了。她进了，她退了，她进退自如了。

传说　42cm×50cm_1998

可怜

可怜！有点可怜！真可怜啊！太可怜了！

她把这四个句子写在纸上，一溜写下来，然后，捏着红笔端详，准备做一次选择题。

最后，她想了半天，选择了『真可怜啊』；她在这四个词的后面打上一个红钩。红钩的尾部飘起来了，很潇洒。

字形搭配很均衡——『可怜』两字玲珑剔透，『真』和『啊』相对来说复杂一些，浑浊一些，把『可怜』夹在中间，像一个结实的拥抱。

可怜——多好的词啊。她突然间欢喜起来。这比什么同义词和近义词都好，同情、怜悯、慈悲……还是可怜，好。

选择之后，鸟巢从天而降，鸟儿开始歌唱。

秋虫夜雨　38cm×50cm_2001

怜惜

有一些词会引起她痛楚，比如，『浆果』。她爱这个词，并且爱这个词包含下的另外一些词，比如，『草莓』。
痛楚是因为怜惜。

没有什么比这样的怜惜藏得更深的了。

怜惜经不住最轻微的嘲笑，连一般性质的笑话也承受不了；怜惜还承受不了明显的表达，它细微如花粉，表达如同触摸，会污损它。

怜惜藏得太深，会伤着女人自己；怜惜表达出来，会触犯男人的自尊。

怜惜只有面对孩子，才会健康丰满地呈现出它应有的面貌。

可是，女人的怜惜从来不仅仅是面对孩子。

每一个男人都应该在离开的时候，回头看看那个注视着自己背影的女人。

女人的眼神有深深的怜惜。为他，也为自己。

怜惜这个世界上所有的叫做感情的那个东西。

不过，聪明的男人从来不回头。

火山　53cm×75cm_2018—2019

梦境

外面在下雨。这时候，传来一阵轻轻的敲门声。

她打开门。她很奇怪自己为什么也没问一声就打开了门。一个女人在阴影里。只有一双穿着沾满了泥点的红色皮鞋的脚支楞在亮处。女人一言不发。她知道她是谁。

女人哭了。呜呜的，像是有一块布蒙在嘴上。

她哭的声音是嘶嘶作响，像倒抽着凉气。

是你吗？她问。其实，她只要向前跨一步，就能适应黑暗，就能在黑暗中看清这个女人到底是谁？可是，恐惧在一瞬间攫住了她。如果不是她以为的那个女人，那当然是很可怕的；如果是那个女人，那发出这种完全陌生的哭声的女人，是不是比一个真正陌生的女人更可怕呢？

女人哭得更响了。她突然发现，那女人脚上的红皮鞋就是她自己脚上的这双，惟一的区别是她的这双洁净光亮，而那女人脚上的那双沾满了泥点。但是，它们不是两双鞋，绝不是；它们就是一双鞋。

她顺着那双沾满泥点的鞋慢慢地把目光向上移动，她听见自己浑身的汗毛一丝一丝慢慢地立起来的声音……

沉香 50cm×70cm_2012

迷恋

应该这样：对于所有你喜欢的鞋，把脚伸进去；对于所有你喜欢的衣服，把身体放进去；对于所有你喜欢的身体，用自己的身体去触碰。但是，这一切的前提是，你要能够得着，能够合乎你喜欢的对象所要求的尺寸，还得要有拥有的权力，也就是说，它或他或她，要接受你。

对于任何迷恋的对象，物质、肉体、精神，你就要迷恋到底，到底了，就是走穿了，然后，你就可以从迷恋中解脱出来。

迷恋的目的和成功其实就是解脱。

夜航　38cm×50cm_2001

耐心

耐心是什么？
是将所有的竹窗都一根一根数过后，他还是没有来。窗外的海千帆林立，没有哪一艘是他的船。
但她居然睡着了。
这样的夜晚反复出现，反复出现，反复出现……
耐心原来是如同死了心一般爱着一个人。

无尘 55cm×33cm_2018

难题

骤雨、花香、爱慕，都难以描述。

无题 50cm×70cm_2013

能力

她最引以自豪的能力是，能在繁复中看出惟一。
她看到了惟一，但，不敢走近。
她没有放弃繁复的勇气。

秋叶
50cm×68cm_2018

念白

无题 25cm×25cm_2016

戏班里，丑角为尊，每天上戏一定得等到他动笔勾上了白鼻子，别人才敢动手化妆。据说是始自唐明皇后宫演戏，自勾白鼻子这一说法。

想象中，唐诗宋词之间，所有的好句子转世出自他的手。为念得工丽，她涂上口红。郑重从红唇开始。只有红唇勾好，他才会从句子里施施然步出，仿佛唐明皇憔悴地背着夕阳的影子走来。可惜，他不是唐明皇，他永不憔悴，他眸子里的内容无法猜测。红唇是勾好了，可念白怎么说得出口？即便是一横心强行念出口，那份森森凉凉，单衣试情的她，何以承受？何以承受？

俳句

竹声如雪 35cm×50cm_2002

『雪融艳一点，当归淡紫芽。』这是日本人松尾芭蕉的俳句。

『俳句是传播微光与战栗的诗。』这是法国人安德烈·贝勒沙尔的评价。

有俳句陪伴，仿佛一段窃窃私语的下午时光，是说给自己听的，别人偶尔听一耳朵也就听了，无妨；也仿佛有水袖甩出去，叠回来，轻盈而有劲道的功夫，随意且不求到位的动作，做了就做了，被看了也就被看了，无碍。

一路抄下友人们这个春天里无心写出的俳句：

『细雨，很冷，蜡梅和桂花开在一起。』

『屋顶上那些花啊，一朵接一朵地开，劝都劝不了。』

『仙人掌还是可以看的。』

『想买一棵橙树。橙花开起来是很香的，也好看。你们不知道吧？』

她写下的是：

『满城的围墙和栅栏上都是红蔷薇啊。』

夹竹桃 50cm×38cm_2013

评价

她对自己评价的触点来自于各方面。其渠道之芜杂，难以详述。

这份自我评语是这样的：这是一个冷淡的、单调的女人，很多时候貌似开朗、随和；她生活在这个世界上一个温度和湿度都很适宜的城市里，安静，饶有兴趣，略带温情。

这份评语放在任何一个熟悉或不熟悉她的人面前，会有一个什么样的反应呢？

没有关系的。她对任何一种反应都不感兴趣。

事实上，她知道自己并不能评价自己。只能说，她希望自己是那个样子。

把愿望当作现实，这个把戏她已经玩了很久了，虽然从来玩不转。

正因为玩不转，所以，一直想玩下去。

屏息

她知道，做危险动作的时候需要屏息，否则，会受伤。

她试着把头搁在地上，把手垂下，把臀抬起，然后，把腿升起，最后把脚尖绷直……她屏住了呼吸，感觉到血倒流到脸上，那份红润在月光里也一定很好看。她像一朵昙花开放了，等待着他越窗而入，欣赏、享受。

她甚至练习了欢愉的叫声。

关键是，她能屏息多久？

一只猫在旁边看着她，看这个没有开始的偷情之夜如何收场。

美人蕉　50cm×70cm_2012

轻逸

野豌豆　28cm×22cm_2011

有一种轻是郑重的轻，有一种轻是草率的轻；前者可以逸，后者只能遁。
保罗·瓦雷里说：『应该像一只鸟那样轻，而不是像一根羽毛。』
每天的日子里，幻影纷至沓来，像一片片羽毛；要做的是辛苦劳作，把这些羽毛一根根捏住，然后捏成一个鸟的形状，然后，吹一口气，让它活，然后，让它飞走。
亲爱的，你来吹这口气吧。

清凉

热爱黑夜的人面孔清凉。但只有热爱阳光的人才可能热爱黑夜。
他在阳光里，阳光打在他的脸上。
她爱阳光，她爱他。
这个简单的故事，是通过她在黑夜里的一个清凉的回眸讲述出来的。
她甚至紧闭了嘴唇，没有任何声音发出来。
但故事讲得很好。
故事的背后，全是些已经被看成是花朵的叶子们。

月如霜　42cm×50cm_2000

忍受

坐花——为巴尔蒂斯 50cm×70cm_2011

『男人，应该非常地爱他们，非常非常地爱他们，否则，就不可能忍受他们。』这是一个著名的法国女人的话。她叫玛格丽特·杜拉斯。

她信这句话。

现在，她很容易不信什么，而信什么就很坚定。很少有模棱两可的时候。爱，只能在忍受的废墟上才能建立起来。

建立的前提是有这样一张面孔：孩子气、好看，但并不过分漂亮；表情既热烈认真又朴实谦恭。人们都想认识这个人。

建立的结果有两个：有时渴望他人的理解，有时则希望有一种不太过分的误解。

建立的过程其实是这样的：她做过很大的努力改变自己的性格，她想以这种方式控制自己的敏感，让这种敏感流露于文字中而不再出现在生活中。

事实上，很难做到，只是有可能做到。

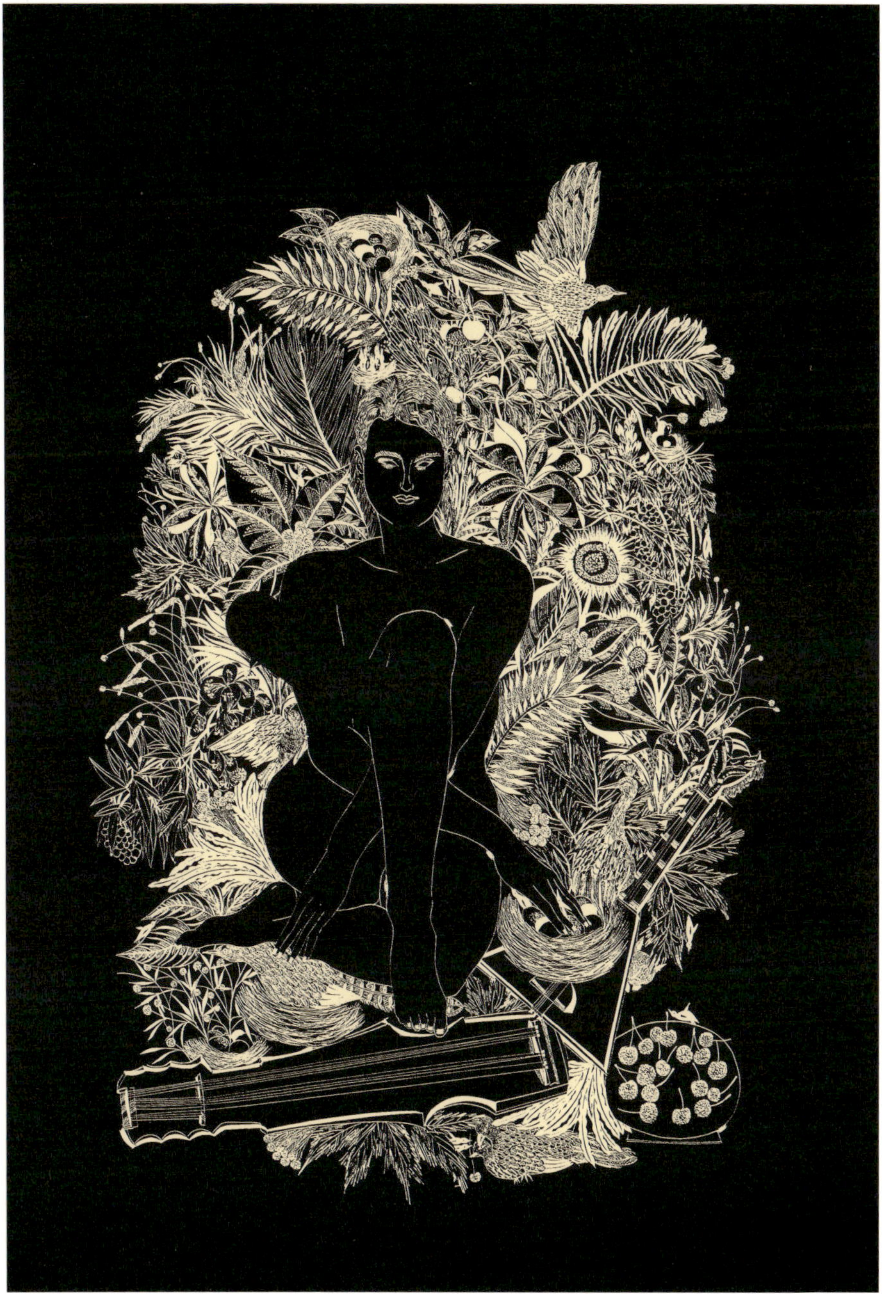

失语

歌谣 35cm×50cm_1999—2000

终于失语。这一天终于来临。其实，从一开始就开始了，只是以往说话的习惯延续了一段时间，终于，无话可说。

这个时刻，由自己通向他人，由自己通向自己，所有的道路都被阻断。这个时刻，标志性的时间是在正午，然后，蜿蜒进入下午，她顺势进入静寂之中，如同潜入水下。

沉默那巨大的美妙一点点呈现出来，她成为一张底片，原有的质地朝着相反的方向被扭转，但轮廓却从没有如此清晰过。

失语的最大魔力是让夜色立即来临。有了夜，就有了从容。

惟一比较艰难的是，手边必须有一点娇嫩的彩色，比如樱桃红。这是比较困难的，或者说，这是最困难的。缺失了这一点，失语就成为了断裂，而不是一种新的联结。

诗歌

无题 50cm×70cm_2012

初夏的晚上，她用雪白的纸，黑色的墨，认真地抄下她熟悉的三个诗人的诗句。这些诗句分别成于 1980 年代、1990 年代和 2000 年代。这中间是二十年。二十年，足够一个人想清楚一切了，坚持的就坚持了，放弃的就放弃了，搁在那里不动的，早已消失殆尽。

一个现在笑容短促面容慈祥的诗人在 1980 年代写下：

再不了，动辄发脾气，动辄热爱
拾起从前的坏习惯，灰心年复一年
小竹楼、白衬衫，你是不是正当年？
难得下一次决心
夏天还很远

一个当年很年轻现在也没老的诗人在 1990 年代吟道：

梅花 颜色凋零的
春天，雪在苍白的半空
坠落。雨滴飞溅
总有一些未及融化的冰
被梅花看见

另一个人到中年世事练达的诗人在2000年代唱颂《观音》：

我喊出你的名字
在二月这个暧昧的月份
其实在别的月份我也一样
想喊你
我有求于你
但是我却胆怯着，或者隐藏着
因为我深深地知道
你的名字一旦喊出
就再也没有退路

亦心 35cm×50cm_2013

湿润

满月 38cm×50cm_1996

湿润于夜色流丽，湿润于仰头而过的街灯，湿润于长久迟疑之后的决心，最终，湿润于一个人的声音，那个声音柔声说道：『……哦，你也许，也许会流眼泪。』

是的，是的，如他所说，她流下了眼泪，很多很多的眼泪。

她把自己培养成了一棵水草，荡漾在眼泪之中。这是哪一年的夏天啊？如今，她干爽地将自己掩在层层屏障的中间，在那些细细的条纹和一种被偷窥的可能性里，想念着那些流下眼泪的夜晚；但，他的声音，丢了。

顺从

其实，顺从是千帆林立，也是千帆过尽。
顺从是躺下，是闭上眼睛。
顺从是想不通。
顺从是再怎么想不通也得想通。
顺从是指尖抵着鼻尖，然后，掠上额头。
但对于她来说，顺从是一直看着窗外，终于，他急急地走来。

西班牙的海　38cm×50cm_2000

丝绸

丝绸，放在一个特定的光线里，就有刀锋的质感。

丝绸是一种解释，甚至是完全相反的解释。懂的人，会从背面懂的。

湮然，妍然，嫣然，滟然，恹然，魇然……念出来都是一个音啊。太诡异了。

写出来吧。

其实还不如念出来。让他猜。

他也许不想猜吧。他开门而去。

他下一次会推门而入。

什么时候？还是夏天？

她把丝绸弄皱，把丝绸般的皮肤弄平，等待。

死船 30cm×50cm_1999

苔藓

苔藓鲜美。

初夏的阳光朗朗地照着。

她走在没有苔藓的街道上，心中突然念道：苔藓鲜美。

一辆汽车从她身边擦过，他在她身后喊道：小心啊！

她听见了，没有回头。她下意识地说了一声谢谢。

他听不见。

久九　尺寸不详_2012

痛苦

酸梅子　38cm×50cm_1997

向往一种痛苦，单纯的、舒缓的、雅致的、讲道理的痛苦。如果不得不痛苦的话。

『欢乐和痛苦都一样有益，一样美好，只要你能为它们找到适当的表达形式，因为这种形式能够引发并提供超越这些欢乐和痛苦经历的感受。』

这是谁说的？应该是维吉尼亚·伍尔夫。

她看着记下这个句子的笔记本。随着这个笔记本的记录，找到了一些类似于《致克莱尔·贝尔》的书信。读着一个女人在七十年前写的信。写信的人和收信的人都十分陌生、遥远，他们之间曾经有过什么？谁知道呢？知道又怎么样？谁真正关心呢？写信的人和收信的人在信中唠叨着，亲昵着、故作神秘着。她不明白，她本来在考虑痛苦的问题，但为什么要看这些东西？而且还很宁静和迫切？

黄昏。凉风。小雨。接近六月的日子。

妥协

花开花落　44cm×50cm_1996

跟黑色相比，粉红离红更近。这不是出自诗人之口的句子，而是一个著名的哲学命题。

努力成长的结果之一是，她终于明白自己要的颜色不是黑色，而是红色。获得这个结果的时间很长，很长，事后回想起来是难以忍耐的长，但，她忍耐过来了。

好，她确定了，要红色。

但，她发现，她得不到红色了。红色已经随着她成长并忍耐的岁月消失了，消失于渴慕、关注、疑惑的过程中，并在最后确定的那一刻，彻底消失。

现在摆在她面前只有两个选择：黑和粉红。

她选择了粉红。

这也是她努力成长的结果之一：妥协，并在妥协中懂得。

味道

让闲花先开 35cm×50cm_1997

砒霜放在葡萄上？

有一出粤剧，殉情的故事。剧中驸马唱道：『……递过金杯慢咽轻尝，将砒霜带泪放在葡萄上……』

她去找记着完整唱词的笔记本，分明清楚地记得记在第八页上，翻开一看，却是：『有一个喜爱采蘑菇的贵妇人身份的母亲，对一个孩子来说，意味着什么？』

往前翻，第七页，『我是丢了一颗瓜子就一定要找到的人。找到以后，我就继续嗑。』

往后翻，第九页，『我嫉妒，那贱人拥有一切，那贱人居然可以吃到棉花糖。』

干脆翻到最后一页，第二百页，上面写道：『迷恋是一种吞食。』

她有点害怕，翻到第一页，上面是很端正的字：『红了樱桃，绿了芭蕉。』这是她的字。旁边有另外一个字体：『樱桃红了，但不保证是甜的。』

无助

女人的无助被臆想夸大。臆想如水，托起无助的舟，水可以在一瞬间泛滥，舟也亦沉亦浮。脚下的一切开始漂浮，眼睛渐渐模糊，心里开一个洞；并不觉得疼，只是看着害怕。

无助可以发生在凝视蔷薇的时刻，剥青豆的时候，往脖子后面撩长发的时候；或者，一口热茶下去一汪泪水涌出的时候；或者，面对一张白纸想画一只鸟的时候；或者，半夜醒来看窗外风雨大作的时候。这些时候，如果有一个身影掠过，不管像不像他，都想把这人喊住。

她习惯了所有的感觉，但还没有遭遇过无助。

她仔细地描眼线画眼影，从来没有这样仔细过，终于，一双剪水之瞳被她成功描画出来。

然后，她仰面躺下，睁着一双从没有如此美丽过的眼睛，不再害怕，开始疼。

她终于念道：『不要让我的双手高举过天空。』

一个声音说：『哦，没事。』

落月满枝　38cm×50cm_1999

误解

这是欲望，还是感情？

欲望多于感情？

把感情放置在欲望这个词汇里，或者说，用欲望这种说法来覆盖感情的事实，这是怎么的一种误解？是一个没有错误的误解，也可以说，是一个正确的误解。

令人百口莫辩。

令人伤心透顶。

她终于明白，这个世界，人与人之间，终究都是一堵墙。她怎么能够想到，她竟然有一天会遇到这样的问题。这是问题吗？这需要解释吗？这里面可以分析吗？

当然，不是问题，不需要解释，不能分析。所以，她无话可说。

本来，这世间最简单与最复杂的事情其实是一回事，比如感情；本来，感情的触发点因为过于纤细幽微，犹如神迹，让人敬畏；本来，感情就像海洋，汇纳百川，不管是怎样的一种水，只要能到达海洋，它自然就是海洋了。

本来是这样的。却成了那样。

她的手不小心碰到了他的手，惊慌地躲开。她比他还要惊慌。

阳光倾泻而下，她惊慌的手让她自己不敢相认。

写作

风唱 50cm×70cm_2002

有一个人用纸和笔写作。笔很精致，是他多年前精心购买且多年来精心保藏的。纸呢，他从不买，他四处要，别人单位或公司的稿纸、公用信笺、便笺什么的。他不要本子，要的是一张张的纸，随意的，上面印着不同的公司名或机构名。

他说，这些纸像是借来的，它们很随意，在这上面写作，不像是要招致惨败的样子。

她和他正好相反。

她总是买回属于自己的纸，非常挑剔地买，牙白色的、八十克以上的、无味的、有暗纹的。至于笔，她倒是很随意，随便什么一支签字笔就可以，只要出墨顺畅。

所以，她会惨败。

至于说他和她之间的关系，不是一目了然了吗？

这是一个很好的故事。但谁会写得好呢？他还是她？

西班牙的海　70cm×50cm_1999—2000

选择

空觑 30cm×33cm_1989

终于，这一回，她选择了薄情。

这个决定是在上床前决定的。被子很暖很厚，她因此觉得自己可以薄下去，趁还没老，下定决心薄情一回。这是一个主动式。她以往都是被动式。

第二天，醒来，晨光稀落，气味单薄；房间里所有的家具褪了褐色，成了恰当的米色；搭在椅子上的睡袍掉到了地上，成了一件小文胸，那尺寸看来兜不住她丰腴的乳房；最惊奇的是，窗前的蔷薇成了薄荷，桌上的苹果成了柠檬……

她跃下床来。梳妆镜里，她被裁去了一半的体围。正面迎上镜子——她有了一个尖尖的下巴。

她胸口部分的皮肤薄如蝉翼。她看见心脏成了薄薄的一片。

她跳起来，脚尖异常轻盈，有芭蕾的感觉。

转了一个圈，她看到她希望保留的丰腴。

她知道，这样的她下次在清晨离开一张偷情的床时，可以做到绝尘而去。

她微笑了，因为她选择了，并且选择成功。

她终于明白，世间任何事，难的不是成功，而是选择。

询问

要多少次裸露，才能获得遮蔽？
要多少次倾诉，才能抵达沉默？
要多少次哭泣，才能艳若桃李？
要怎么样爱你，才能学会爱你？

秋赫 50cm×70cm_2003

罂粟

只有在尖形的天花板之下，才有可能仰卧，且沉沉睡去。
窗外全是罂粟。
人生还长，经得起蹉跎。
有梦。梦里，他骑着自行车沿着斜坡撒把而下。
他大叫起来。笑。光脚。眼神风流。裤脚一高一低。
她总是梦见他的裤脚一高一低。
看她睡梦中的姿态，应该是在小桥流水处低眉吟诗；
但事实上，以这样的姿态去做梦，她总是梦见自己迎风站立，长歌当哭。

酒神 尺寸不详_2019

遭遇

落日落秋山　38cm×50cm_1998

她不知道她这一辈子能不能遇到一只正午时分的老虎？

不可能的，如果不去动物园的话。她是不会去丛林的。

很多事情她不敢断言，但可以断言的是，她真的不会去丛林。

见到动物园里的老虎怎么能称作遭遇？

惟一可以替代遭遇老虎的场景可能是在夜里遭遇一只孔雀。可以想象一下它的羽毛。想象建立在事实的基础上。它有羽毛，但看不见。这让人觉得兴奋。这也非常符合她对唯美主义和黑暗的持久兴趣。

可是，遭遇孔雀和遭遇老虎的可能性是一样的。

姿势

从初夏开始，花事是这样的：先是蔷薇，同时是玫瑰，然后依序是石榴、睡莲、米兰、三角梅和黄果兰。樱花是明年春天的事了。樱花是遥远的，明年春天是遥远的。

奇怪的是，令箭荷花开了。这种肉感的艳丽的花卉，居然放置在思念的季节里。

思念的凉爽短暂，如同初夏的时光不长。

且先摆好一个舒服的姿势，思念了再说。

在姿势里，她发现那么多那么多的花与叶子都无比肉感起来。

她的脸开始发烫，但她决定不改变姿势。就这么着，等待着夜色覆盖下来，等待着思念灼热起来。会不会轻轻喊出他的名字？也许会，也许不会。

酒神 78cm×55cm_2019

遥远

未来比现在更清晰；而过去已经模糊。

虽然过去有文字作证，但这份证词，对于岁月和心灵来说，从来就是一份伪证。现在继续用文字固定着什么，却心知肚明一切都无从落实。

很想在遥远的未来，她能问他一句话。

但谁知道未来的自己是什么样呢？

她也怕。

怕自己那颗软弱的不可靠的心会辜负准备了整个后半辈子的那句问语。

摸鱼儿 50cm×70cm_2004

遗忘

遗忘在清晨或黄昏的天空。
遗忘在文字里。
遗忘在所有结红果的树下。
遗忘在湿度80%、温度25℃的天气里。
遗忘于南方。
遗忘爱。
然后，记住爱。
最后，还有什么可以遗忘和记住？
她说，亲爱的，在我还爱你的时候，我不会再见你了。
这句话把她自己吓得半死。一直放在心里，不敢送出去。
她最怕的是，如果她把这句话送出去了，但自己忘了这句话，然后，某一天，见到了他……
当然，也没什么可怕的，那是另外一个故事了。

威尼斯手记 38cm×50cm_1999

P 006

朗读者

78cm×50cm_2019

P 018

醉东风

50cm×70cm_2003

P 010

谷雨

35cm×50cm_1989—1990

P 020

野竹

60cm×79cm_2017

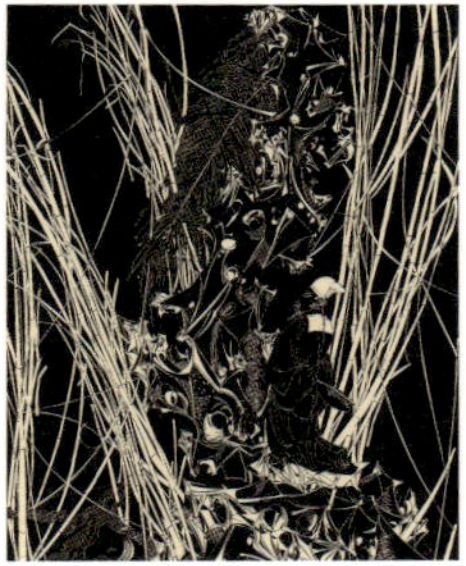

P 012

疫典

41cm×55cm_2020

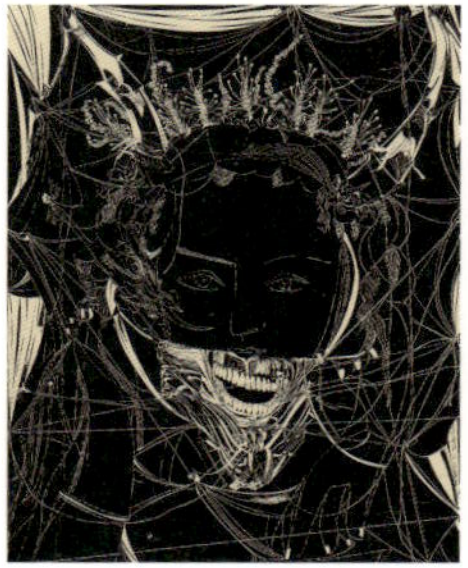

P 022

伤花

22cm×28cm_2011

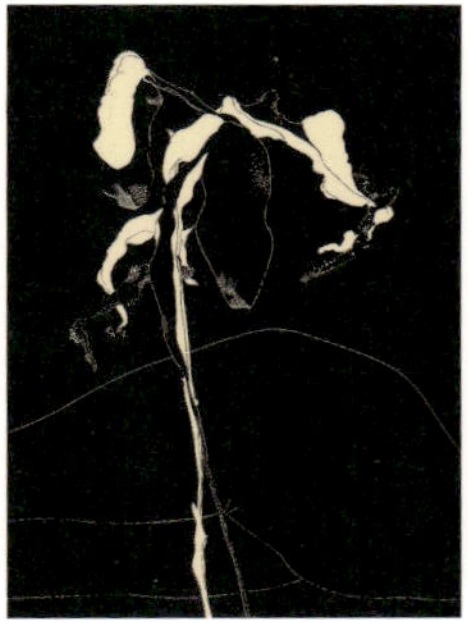

P 014

卷帘睡起

50cm×70cm_2003

P 024

安格尔

50cm×70cm_2018

P 016

南窗

38cm×50cm_2000

P 026

闲夏无题

60cm×80cm_2015

P 028

双人

78cm×55cm_2019

P 040

蹀蝶

70cm×50cm_2012

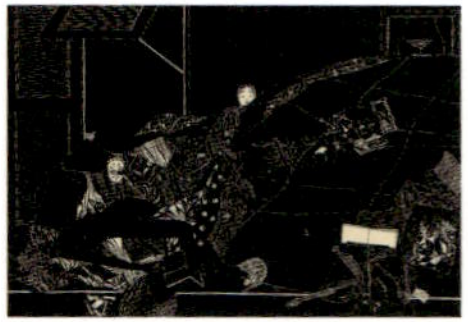

P 030

断弦

尺寸不详 _2003

P 044

秋风落月

30cm×45cm_1987

P 032

夜如花的伤口

70cm×50cm_2012

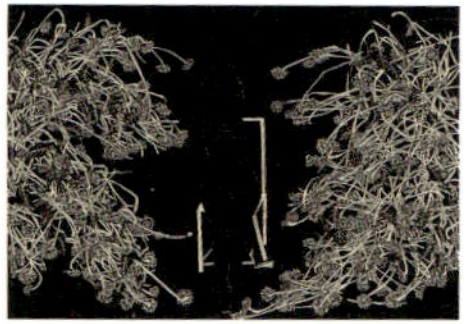

P 046

传说

42cm×50cm_1998

P 036

荷兰

51cm×75cm_2017

P 048

秋虫夜雨

38cm×50cm_2001

P 038

月背

45cm×70cm_2007

P 050

火山

53cm×75cm_2018—2019

P 052

沉香

50cm×70cm_2012

P 054

夜航

38cm×50cm_2001

P 056

无尘

55cm×33cm_2018

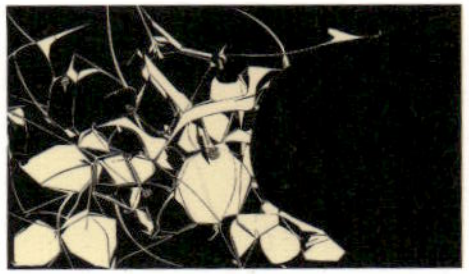

P 066

夹竹桃

50cm×38cm_2013

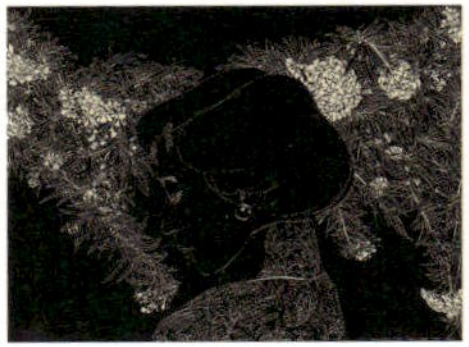

P 058

无题

50cm×70cm_2013

P 060

秋叶

50cm×68cm_2018

P 062

无题

25cm×25cm_2016

P 064

竹声如雪

35cm×50cm_2002

P 068

美人蕉

50cm×70cm_2012

P 070

野豌豆

28cm×22cm_2011

P 072
月如霜
42cm×50cm_2000

P 074
坐花——为巴尔蒂斯
50cm×70cm_2011

P 076
歌谣
35cm×50cm_1999—2000

P 078
无题
50cm×70cm_2012

P 080
亦心
35cm×50cm_2013

P 082
满月
38cm×50cm_1996

P 084
西班牙的海
38cm×50cm_2000

P 086
死船
30cm×50cm_1999

P 088
久九
尺寸不详 _2012

P 090
酸梅子
38cm×50cm_1997

P 092
花开花落
44cm×50cm_1996

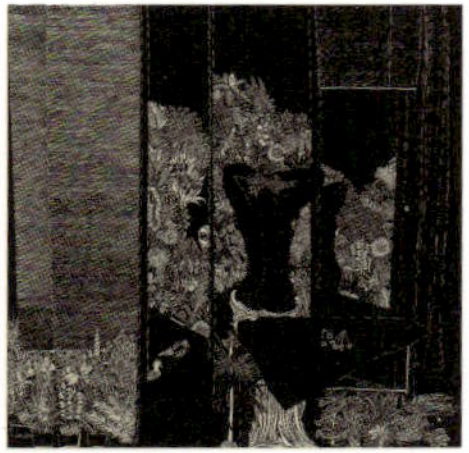

P 094
让闲花先开
35cm×50cm_1997

P 096
落月满枝
38cm×50cm_1999

P 098
母语
55cm×78cm_2019

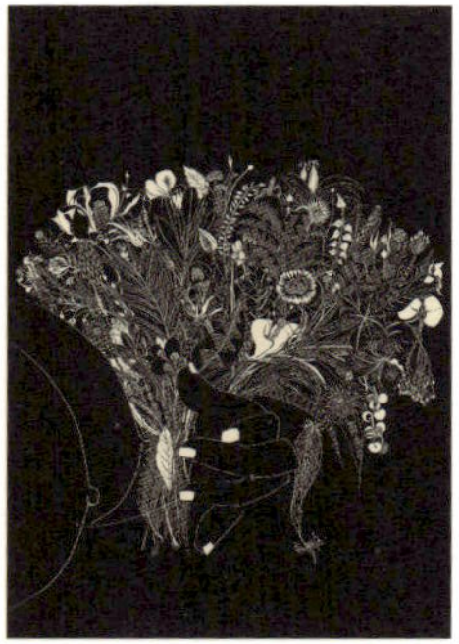

P 100
风唱
50cm×70cm_2002

P 102
西班牙的海
70cm×50cm_1999—2000

P 104
空觑
30cm×33cm_1989

P 106
秋赫
50cm×70cm_2003

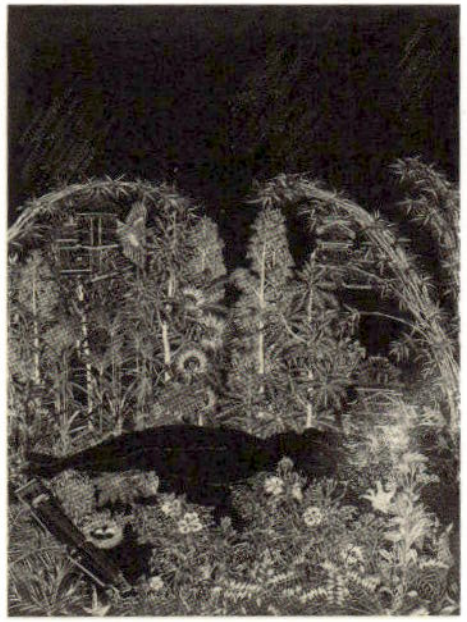

P 108
酒神
尺寸不详 _2019

P 110
落日落秋山
38cm×50cm_1998

P 112

酒神

78cm×55cm_2019

P 114

摸鱼儿

50cm×70cm_2004

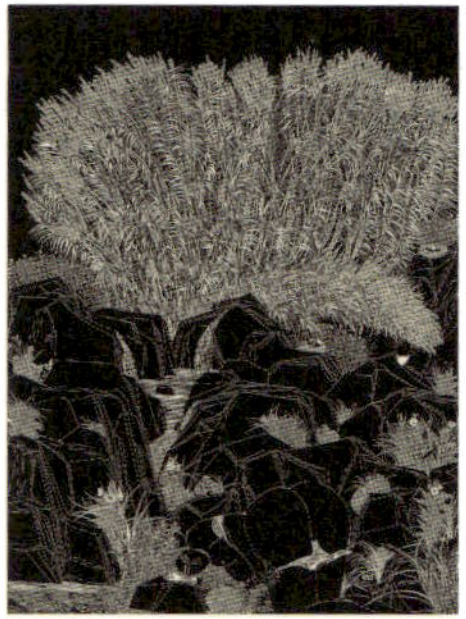

P 116

威尼斯手记

38cm×50cm_1999

跋

对岸——洁尘印象　冷冰川

十八年前和洁尘合作这本书时，我们互相都没见过。

洁尘是一个作家。我印象中她是一个沉溺于书房、电影，和词语精密审美的创作者；始终保持着镇定和若无其事的妖娆、仪式感。她的『闲适』、丰裕让人信赖、亲近，又与人保有端坐疏离距离。她扎根当下的创作总有真实的边地、伫立、真感情和烟火；活生当下的洁尘，像一列驶往成都的火车——我们知道它不会出轨，旅途崭新人成全。也像一个蔚蓝深天下的生活凝视、密集人群中碎镜子里犀利的目光、深井、余味、告白……她那秘而不宣的写作切口、野心和矜持，生动朴实地缩写在纸上，与我们相互张望，会心一笑。如果是一幅水墨画，她在画中会是一个迎风的背影；静静穿过雨燕蝴蝶相交的菜园小巷。那是明朝。

洁尘文字的精密、坦荡的向度似乎也构建了她看待世界和写作的方式。她就是寥寥数笔，就与你说清了种种。哪怕是街上乱糟糟的平常、地下思想情感的私密与细微。一个敏感锐度的人说着敏感锐利的缄默，一语多言又颗粒归仓，无穷的语调与相宜。我喜欢这样理智、经验论式的内心表述。因为我在『认真』的时刻做不到相宜。

直觉中洁尘是关注自身文字存在这件事情，无论是小说、诗文随笔，她对文辞的专注、自然，包括放任、沉沦……都有拿捏妙趣和任性灵的牛角。她有兴趣投注并点燃的好奇与种子让人激动，一些词压着浮出水面没来得及出头的词，种种戏剧、匕首、信念、释然、虚实、倦怠、青春与光头……像

刺客互刺着尖锋与骄傲，扭曲、挣扎、放荡、身轻如燕，连伤口也遗忘。创作就是这样，将自己抽成丝、线种种，编成牢笼和对岸。我也喜欢把现实、生活、知识技艺统统从非虚构类移到戏剧类。反正生活和创作也没有什么答案。创作还在一定的真实程度、条件下，疯狂地朝着它反常的对面、向着反方向转化——人为性命、写作自主『想象』了一种世俗风格的高度；想象，使坠落成为可能。不管生活、经验是稗子、是禾苗、是脉经、还是镰刀——我们从未见过它们，我们仅仅是劈柴、洗菜、叠衣服、些些肉身的因果、尺度。洁尘说我们人在对岸。

写作、生活中最好看的真实相，不就是从生活、创作技巧的马背上摔下去的那一刻吗？人真实（或假装若无其事地）落下过程中的一个停顿，一个新观看点、新塑造和改变……很多人在这里重逢、癫狂、想象、糊涂……创作里的野马边疆、失控、错误，那不纯粹的感性知识、天性、恐惧、欲求，离本源更近、更有力——浅尝是危险的简化、快感，大口痛饮，大脑陶醉，才能让人再次清醒。洁尘漫漫地酿制、深谙火候、发酵……一直忠实于自己的作者，应当最知道他自己，落到洁尘掌心的东西，她舍弃过吗？她双手拢好生活，把那些流逝得太快的时光、酒浆、母语和岁月的逆鳞、清风体香……统统送到我们手上。最好的日子此刻眼前，就这样像一张白纸燃烧，冒一点烟，剩一点灰烬。而我们好奇的心也被烧得正旺。正旺。

二〇二一年五月